ISBN : 979-8353451204

— Première impression novembre 2022 — Prix : 9,99 €

AVENT MACABRE

FLORENCE JOUNIAUX
ANDREA B. CECIL

AVENT
MACABRE

Avertissement

Il s'agit de ne pas oublier, pris dans la lecture de cette intrigue, que les événements, les lieux et les personnages (réels et/ou fictifs) ont été replacés dans le contexte d'un roman. Ils n'y existent qu'en tant que fiction et les actes, paroles ou pensées des personnages ne reflètent pas la position des auteurs.

Et comme il est d'usage de le préciser, toute ressemblance avec des personnages ayant existé, existants, ou des situations ayant eu lieu ne serait que pure coïncidence…

UN ROMAN CALENDRIER DE L'AVENT !

Découvrez chaque jour un nouveau chapitre du roman et laissez les personnages et l'intrigue vous accompagner dans le compte à rebours jusqu'à Noël.

Dans ce format broché, à la manière d'un calendrier de l'avent classique, les chapitres ont été mélangés (vous en trouverez toutefois la liste ci-après pour faciliter votre recherche quotidienne). C'est comme pour les chocolats : faites durer le suspense jusqu'au jour J... et méfiez-vous : le père Noël a vos noms !

TABLE DES MATIERES

CHAPITRE 1

(Banlieue parisienne, 4 décembre)

Il n'est que seize heures, mais le ciel est bas et l'obscurité gagne. Les voitures arrivent encore, lâchant parfois quelques passagers aux abords du numéro 13 de la rue Pasteur avant de tenter de trouver un stationnement plus loin. D'autres sont déjà garées, plus ou moins bien d'ailleurs, au gré des places et des bordures de trottoir les moins élevées. Les personnes qui s'en extirpent arborent pour la plupart des mines aussi sombres que leurs manteaux, pardessus et autres gabardines. Pas un jour de fête, de toute évidence, malgré les bouquets de fleurs que Sylvère aperçoit dans certains bras ! Le contraste avec les décorations de Noël accrochées aux lampadaires est saisissant. D'un bref coup d'œil, relevant à peine du bout de son index ganté la courte penne de sa casquette plate en loden, Sylvère étudie la situation : il ne connaît absolument aucun de ces individus et il semblerait que tous ne se connaissent pas non plus entre eux. Famille, amis, voisins et, qui sait, collègues se trouvent probablement réunis ici pour la toute première fois pour honorer la mémoire du proche décédé… Qu'à cela ne tienne ! Pour Sylvère, la livraison du petit paquet (conservé à l'abri des regards, dans la poche de son trench-coat) ne devrait donc être qu'une formalité : il entre en se mêlant à tous ces gens, il dépose le colis, il repart. Bien éduqué, il ne présentera toutefois ses condoléances que si on lui adresse directement la parole : il n'est pas là pour gaspiller le temps de qui que ce soit. La seule chose qui le dérange un peu, c'est que sa couleur de peau métissée risque d'attirer l'attention au milieu de tous ces blancs. Mais après tout, de sa maigre expérience de ces moments-là, rares sont les gens qui dévisagent tout le monde, surtout les inconnus. Au contraire ! Chacun essaie de se faire le plus petit possible, affichant un sourire mesuré et une mine de circonstance.

Plus qu'à…

Avec un air assuré, Sylvère traverse la rue, s'appuyant sur sa canne, et se glisse dans le flot qui franchit le portillon du numéro 13, remerciant vaguement de la tête un couple de jeunes qui le laisse passer. Emboîtant le pas des trois personnes âgées devant lui, tout de noir vêtues, il remonte l'allée du jardin jusqu'au perron où la porte d'entrée est ouverte. Superbe pavillon de banlieue ! Sans surprise, l'ambiance est plutôt morose, à l'intérieur, bien que relativement bruyante, avec les conversations qui vont bon train. Sur un chevalet, dans le hall, une photo encadrée de près d'un mètre de haut d'un quadra aux cheveux châtain clair et aux yeux verts. A priori, on en a sélectionné le portrait le plus sage : le type paraît presque constipé, là-dessus, et Sylvère réprime un petit rire nerveux. Très américain, comme mise en scène, pour un deuil… Enfin, de ce qu'il en a vu dans les séries qu'il visionne. Le gars ne lui semble pourtant pas plus américain que lui !

Il affronte quelques secondes le regard presque sévère du défunt, figé sur ce papier glacé, sondant ses propres émotions. Mais rien ne lui vient… sauf un léger rictus quand ses doigts, dans la poche de son trench, effleurent le paquet. Il jette un coup d'œil circulaire et constate que dans la pièce immédiatement à sa droite, une grande table est destinée à recevoir les divers bouquets. Ce sera l'endroit parfait sa livraison. Profitant de ce que personne ne lui prête la moindre attention, il se fraye un passage et glisse au milieu des gerbes la petite boîte d'une dizaine de centimètres de long, emballée avec soin dans un papier kraft festif. Il s'assure que l'étiquette accrochée au ruban rouge brillant reste visible, bien que judicieusement placée derrière une composition de fleurs imposantes aux couleurs vives, comportant un message « sincères condoléances ». Il se recule, toujours appuyé sur sa canne. Il manque de heurter quelqu'un, ce faisant, s'en excuse en marmonnant quelques mots et maudit mentalement sa jambe gauche qui lui fait défaut.

— Les petits fours sont dans l'autre pièce, allez-vous servir ! lance à la cantonade une vieille femme d'au moins soixante-dix ans.

Sylvère l'observe à la dérobée, à travers ses petites lunettes rondes, sans parvenir à se faire une idée.

— Il paraît qu'il y a des mini-Paris-Brest et même des financiers… lui souffle un grand-père, tapotant son avant-bras avec bienveillance.

— Merci… de l'information…

— Ne tardez pas, c'est ce qui part en premier ! s'enfuit le vieillard.

De nouveau, Sylvère réprime un rire nerveux et décide qu'il est largement temps de prendre la poudre d'escampette : le colis est livré, sa montre indique qu'il est très exactement seize heures vingt-trois, il n'a plus rien à faire ici. Avant de sortir sur le perron, il lâche un dernier regard sur la photo, dans l'entrée.

— Vous connaissiez Gaëtan ?

Il tressaille et serre les dents. Sur sa gauche, une grande femme charpentée le dévisage. À quelques nuances près, elle a les mêmes iris et les mêmes cheveux que le type du portrait, mais paraît un peu plus âgée, bien que plus jeune que Sylvère.

— Nous nous sommes croisés quelques fois, ment-il en espérant s'en sortir ainsi.

— Au boulot ?

— On peut dire ça…

Elle acquiesce, sans le quitter des yeux, et lui tend une main assurée :

— Bertrande, sœur de Gaëtan.

— Toutes mes condoléances… On ne m'a pas dit comment il a trouvé la mort ? tente-t-il.

Elle hoche la tête, un peu tristement, et reprend, tandis qu'elle serre fermement sa paume gantée :

— Et vous ne m'avez pas dit qui vous êtes !

Sylvère l'estime plutôt directe et n'aime pas trop son ton.

— Sylvain. J'allais repartir, je ne…

— Il a été assassiné par un psychopathe, lâche-t-elle sans le laisser finir.

— C'est… horrible.

— D'autant que ce n'est pas le premier. Ce sale type n'en est pas à son coup d'essai !

— C'est-à-dire ? s'informe délicatement Sylvère, décontenancé par les révélations.

— Je suis détective privée, c'est donc mon métier. Quand Gaëtan a été trouvé mort dans cette macabre mise en scène grotesque, je me suis un peu renseignée.

— Oh !

— Comme vous dites !

Elle le scrute, le mettant mal à l'aise. Elle poursuit, un ton plus bas, comme pour une confidence :

— Gaëtan ne me racontait pas tout de sa vie intime, vous savez, mais tout le monde était au courant qu'il était gay…

Sylvère l'examine à son tour : où veut-elle en venir ? Un silence s'installe entre eux. Assez lourd !

— Je ne suis pas gay… affirme-t-il.

— Oh ! En ce cas, pardonnez-moi : j'ai pensé que vous pouviez être son petit-ami du moment ! Il ne nous présente jamais personne. Enfin, il ne nous présentait personne…

— Je comprends.

Toutes ces informations prennent place dans la tête de Sylvère. Il les analyse promptement : cette femme semble décidée à mettre son nez là-dedans et est bien capable, effectivement, de par son métier, d'établir un lien avec des victimes précédentes. Ce qui est fort intéressant ! Il devrait tout faire pour s'en rapprocher…

— Vous avez une piste, pour retrouver le psychopathe qui a fait ça à Gaëtan ?

Au bout d'un bon quart d'heure, Sylvère en a appris davantage sur Bertrande. Et même sur Gaëtan ! Il a savamment manœuvré, avec tout le raffinement dont il peut faire preuve, et a obtenu la promesse d'un *date* [1] ! Dans cette optique, ils ont échangé leurs numéros de téléphone portable, puis Sylvère-Sylvain a pris congé.

Une fois dans la rue, rejoignant la gare la plus proche, il envoie comme convenu le message pour confirmer la livraison qu'il était venu faire : « Paquet déposé. Merci. ». En retour, il reçoit immédiatement d'autres informations : « Client suivant au Qwartz, 4 Bd Gallieni, 92390 Villeneuve-la-Garenne. ». Après quelques clics, l'itinéraire s'affiche sur son écran. Il y pourrait y être d'ici trois quarts d'heure environ, mais il devra faire un saut chez lui avant, notamment pour récupérer quelques affaires indispensables pour cette nouvelle mission. Malgré la fatigue de la journée, il lui faudra peut-être aussi se passer de sa canne et,

[1] Rencard

surtout, couper son portable ou activer le mode *avion*, comme les soirs précédents.

Profitant du trajet en train qui le ramène dans Paris intra-muros, Sylvère contemple la nuit qui tombe déjà et les lumières festives qui s'allument, égayant les rues d'étoiles scintillantes et autres flocons clignotants. Il aperçoit quelques sapins, surtout dans les vitrines. Dans sa tête les derniers événements tournent en boucle, notamment cette Bertrande qui ne l'attire pas du tout, mais avec laquelle il va devoir composer… au moins en feignant l'amitié. Si ce n'est plus ! Elle lui a curieusement paru très rapide à lui proposer de se voir pour prendre un café, dans la semaine… Bien qu'elle n'ait pas eu l'air spécialement suspicieuse à son encontre (de toute façon, de quoi pourrait-elle bien le soupçonner ? Il a fait très attention à ne pas se faire remarquer en déposant le paquet), il se méfie d'elle par principe : elle est quand même détective privée, à ce qu'elle lui a dit ! Avec sa carrure et ses muscles, il ne doit pas faire bon s'y frotter. Pourvu qu'elle n'ait pas des vues sur lui ! Il ne voudrait pas être indélicat, mais ce n'est clairement pas son genre, ce type de… Il réprime un frisson et un léger haut-le-cœur : aussi loin qu'il s'en souvienne, il n'a jamais été attiré par les femmes, encore moins de ce genre. Elle a presque les mêmes yeux verts que Gaëtan, certes, mais cela reste très maigre, comme base pour une attirance… Il se rabroue : après tout, elle cherche sûrement juste un nouvel ami. Il n'a pas besoin de se faire des films ! Il lui enverra un message ce soir, pour affiner le fameux *date* : il connaît quelques salons de thé qui seront du meilleur effet et, surtout, pas trop intimes.

En attendant, il va se préparer pour le prochain client, au *Qwartz*.

CHAPITRE 21

(Le lendemain, 21 décembre)

Tout comme le 9 décembre dernier, *Diabolo* a pris le train pour rallier la ville où l'équipe du Projet Catharsis intervient aujourd'hui. Cette fois, c'est avec *Le robot* lui-même qu'il voyage, *L'ours* et *Guizmo* n'étant pas disponibles. Quant à *Kiki* et *Dr Maboul*, elles ne se déplacent que rarement pour les cérémonies punitives, par choix, mais aussi par sécurité. Le TGV 8319 dépose les deux associés en gare de Vendôme-Villiers à dix-neuf heures treize, horaire dont les nombres premiers qui le composent comblent Sylvère. Sur le parking, dans une Dacia d'un bleu passe-partout, *Tata Dildo* les attend, le moteur allumé pour avoir un peu de chauffage. À peine sont-ils à bord qu'elle redémarre : le *timing* est serré, s'ils veulent arriver à temps pour choper le sale type de ce soir : le TGV précédent était hélas complet, même avec le savoir-faire et l'expérience informatiques que *Le robot* a déployés pour tenter de leur obtenir deux places…

La conduite sportive de leur aînée les mène en moins de dix minutes sur la route de Blois, de l'autre côté de la ville. Sylvère, monté à l'avant et finalement peu rassuré, a agrippé fermement la poignée de maintien située au-dessus de la vitre :

— Je ne vous connaissais pas ce talent de pilote de rallye, Tata Edmée… souffle-t-il tandis qu'ils abordent un sens giratoire à une allure un peu trop soutenue pour être confortable, d'autant qu'il fait nuit noire.

— Ne vous moquez pas, monsieur Sylvère, ou bien je vous oblige à descendre ici sur le bord de la route ! Vous rentrerez en auto-stop !

— Croyez bien que je ne me permettrais pas de critiquer, je n'ai même pas le permis ! temporise-t-il immédiatement.

Cette contrée est sûrement charmante, il n'en doute pas une seconde, mais il n'est pas très fan de l'idée de se retrouver seul sur le bas-côté dans ce froid piquant sans même un téléphone portable (qu'il a laissé à Paris pour éviter de se faire géolocaliser, même *a posteriori*). À l'intersection suivante, ils quittent subitement la départementale pour des routes de campagne. À l'arrière, *Le robot* semble lui assez mal à l'aise, mais devant l'autorité naturelle de *Tata Dildo*, il n'ose piper mot malgré sa carrure de rugbyman.

— Ah ces Parisiens… Tellement habitués à ne rouler qu'en première dans les bouchons qu'ils se sentent comme dans un grand huit dès que ça envoie du couscous ! bougonne la conductrice en négociant un virage un peu sèchement.

— Vous savez, Tata Edmée, reprend Sylvère de sa voix la plus douce et d'un ton qu'il voudrait anecdotique, je serai ravi de vous inviter pour Noël à partager avec moi un wagonnet du Temple du Péril d'Indiana Jones à Disneyland, celui dont le *looping* est particulièrement réputé, mais pour ça, il faudrait que nous soyons toujours en état de pouvoir le faire…

— Ne me dites pas que vous allez faire pipi dans vos culottes, les garçons ! raille-t-elle en ralentissant. Je sais parfaitement ce que je fais ! Et de toute façon, nous sommes arrivés !

Elle éteint brusquement ses feux et gare la Dacia dans un chemin de terre, sur le côté d'une propriété, avant d'en couper le moteur.

— À la bonne heure ! s'exclame *Le robot* qui s'empresse de détacher sa ceinture de sécurité pour sortir du véhicule.

— Vous nous attendez ici, Tata Edmée ? Ce serait peut-être plus prudent… propose Sylvère.

— Je viens !

À la lueur d'une lampe torche, le trio s'avance vers l'arrière de la fameuse propriété, longeant le mur qui la ceint. Profitant d'un éboulement repéré en amont par Tata Edmée, ils pénètrent et traversent alors le petit bois pour rejoindre la bâtisse.

— Vous êtes sûrs que le gus sera là ? se renseigne à mi-voix *Le robot*.

— Il est réglé comme du papier à musique, explique la septuagénaire emmitouflée dans une grosse parka. Il rentre du boulot vers dix-neuf heures vingt et monte prendre sa douche à l'étage. Sa femme arrive ensuite vers vingt heures avec les deux ados : il sera déjà vautré devant la télé, sans avoir bougé le petit doigt pour préparer le repas ni rien !

— Hum ! Encore un qui se croit toujours en 1950 ! peste *Le robot*.

— En parlant de partage des tâches, rebondit Edmée, comment s'est passé votre dîner, hier, monsieur Sylvère ?

— Le sauté de crevettes était réussi, je vous remercie pour votre recette…

— Elle te parle de la nana ! Pas du menu… intervient *Le robot*.

— Je me réserve donc le droit de ne pas répondre à cela pour le moment… Et si on pouvait marcher un petit peu moins vite, je peine un peu, sans ma canne…

Quelques minutes plus tard, à peine, les trois acolytes sont dans le salon de l'entrepreneur local, beau-père incestueux de Manon et Charlotte. Mais si le dénommé Franck est bien là, en peignoir sur le canapé, il y a également un autre type, dont la carrure n'a rien à envier à celle que *Le robot* impose. Dans un silence de cathédrale, les regards se toisent et le temps semble suspendu.

Ce qui paraît toutefois évident, c'est que Franck Gaisne est en mauvaise posture : ligoté dans son kimono bas de gamme mal fermé, le bide à moitié à l'air, l'homme a manifestement été assommé par quelque objet contondant. Dans un sac à dos ouvert, posé au pied du canapé, Sylvère distingue ce qui pourrait être un chapeau en forme de sapin de Noël en guirlande, surmonté d'une étoile en feutrine vaguement dorée. Ce type serait donc là pour la même raison qu'eux ? Il décide de jouer le tout pour le tout et se lance :

— Qu'est-ce que vous faites ici ? lui demande-t-il, avec aplomb.

— Je…

Lulu Gaillard hésite, pris au dépourvu : qui sont ces gens, qui font irruption par la porte-fenêtre du salon, dans la nuit, chez ce salopard de Franck ?! Doit-il prendre la fuite ? Très clairement, il est en infériorité numérique, même si la vieille ne devrait pas vraiment compter en cas de castagne. Le grand, celui à la casquette en flanelle (et dont la couleur de peau identique à la sienne à peu de choses près), ne semble pas hyper vaillant ; mais l'autre, le type blanc, il a l'air très costaud… C'est assez embarrassant, comme situation ! Lulu ne se voit pas du tout balancer, de but en blanc : « Je suis venu dégommer cette ordure qui viole sa belle-fille mineure dans le dos de sa mère… Et vous ? »

Il déglutit, cherchant une échappatoire plus manifeste. Jusque-là, la doyenne du trio lui faisait penser à sa grand-tante Césarée, mais… elle vient de sortir un Opinel de la poche de sa parka. Médusé, il la regarde le déplier et le verrouiller, très calmement. Instinctivement, il recule d'un pas et lève les mains en signe de reddition :

— Woooooh, wooooh, wooooooh… fait-il, paniqué. Je ne veux pas d'embrouilles, je vais partir… Laissez-moi juste partir !

— Asseyez-vous ! lui enjoint-elle d'un ton qui, lui, ne laisse aucune place à la négociation.

Il s'exécute, pétrifié. Sur l'ordre de la vieille femme, le type blanc (qu'elle appelle *Le robot*) vient fouiller son sac à dos et en énumère le contenu. Il est mal ! Et l'autre gars le dévisage, immobile, impassible et sans un mot, à travers ses lunettes rondes : très malaisant…

— Très bien ! annonce Edmée avec un air beaucoup plus avenant suite à cet inventaire. Il semblerait, monsieur, que nous soyons tous là pour la même chose ! Voyons comment nous pouvons nous organiser conjointement pour agir avant qu'il ne soit trop tard !

— Qu'aviez-vous prévu, pour le corps ? demande Lulu, une fois ce gros porc de Franck refroidi par les bons soins de Sylvère, grâce aux produits de *Dr Maboul*.

— Une mise en scène de l'avent… réplique *Le robot*.

— Oui, mais ici ?

Sylvère et Tata Edmée acquiescent. Lulu secoue négativement la tête, un peu nerveux.

— Non… souffle-t-il. Non, non ! On peut pas faire ça : les filles vont arriver d'une minute à l'autre, et même s'il ne mérite rien de mieux, elles, elles ne méritent pas de voir ça ! Surtout Charlotte, elle n'a que douze ans, et…

— Et vous, qu'aviez-vous prévu ? intervient Tata Edmée.

— J'ai ce qu'il faut pour le transporter jusqu'au parc Ronsard et tout mettre en place là-bas cette nuit pour qu'il soit découvert au petit matin. Mais vous m'avez retardé, j'espère avoir encore le temps de…

— Les garçons vont vous aider ! N'est-ce pas, *Diabolo* et *Le robot* ? Où est ce parc ?

★

Le dernier TGV pour Paris étant déjà passé, *Le robot* et *Diabolo* ne rentreront à la Capitale que demain à l'aube par l'un des premiers. Ce délai leur permettra d'aller avec Lulu installer comme il se doit (sans trucs clignotants, toutefois) le corps du pédophile dans le centre-ville de Vendôme, près du lavoir des Cordeliers, vers trois heures du matin, quand la ville dort à poings fermés. Pour l'heure, le trio s'offre un kebab dans la rue piétonne, au pied du Château, avec dans l'idée d'aller admirer la projection du dragon de Saint-Bienheuré sur le parcours de lumière au bord du Loir.

— Alors, monsieur Sylvère, dites-m'en plus sur votre soirée d'hier… réclame Tata Edmée au moment où que *Le robot* s'est éloigné pour satisfaire un besoin naturel.

— Je ne sais quoi vous révéler… Je ne… C'est… bafouille Sylvère, rougissant légèrement.

— Allons… fait-elle en glissant son bras au coude de son poussin adoré. Un grand garçon comme vous !

Cette Bertrande aura-t-elle finalement attenté à votre vertu ?

Sylvère rit.

— Voyons, Tata Edmée ! Voyons !

— Voilà qui répond à ma question ! Si ce n'avait pas été le cas, vous auriez nié, tout simplement… Je vous connais par cœur !

— Aaah… je suis donc démasqué !

— Tant que ce n'est pas elle, qui nous démasque…

CHAPITRE 15

(Trois jours plus tard, 13 décembre)

Sylvère fixe la date qui est affichée sur l'écran de veille de son portable, tout en mordillant sa lèvre, pensif : il a toujours aimé le 13 décembre, sans bien savoir pourquoi. Enfin, si, il sait : c'est un nombre premier. Mais en dehors de cela… Peut-être parce que la moitié de l'avent est passée ? Le pays est en pleine frénésie de Noël, habituellement, avec ses rues, magasins et façades décorés. Lutins, rennes et autres folklores enneigés ou pailletés abondent et… il adore ça. Et Tata Edmée n'est pas en reste : elle a fait livrer hier le sapin et l'a garni avec soin, dans le salon. Il est splendide, disposé entre deux fenêtres. Et quand la tour Eiffel s'illumine, le soir, et pétille au début de chaque heure, c'est féérique. Digne d'un film américain à gros budget, bien qu'ils soient à Paris ! Pour fêter ça de la même manière que tous les ans, elle avait préparé un vin chaud aux épices qu'ils ont bu ensemble avant qu'elle ne rentre chez elle. Maintenant que le top départ a été donné avec le sapin, c'est à Sylvère de s'occuper du reste, à commencer par trouver un cadeau pour sa sœur Félixine et ses enfants ainsi que, bien évidemment, pour Tata Edmée. Mais également ressortir son matériel de peinture et se mettre, comme le veut leur petite tradition, à composer une toile sur le thème de la Nativité. Non pas qu'il soit croyant. Absolument pas, en vrai. Mais il aime jouer avec ces symboles… L'an dernier, il avait représenté une crèche moderne située dans un abri aux lignes futuristes aux couleurs pimentées, avec trois parents (trois hommes, en fait) d'ethnies diverses et un bébé aussi noir de peau que Tata Edmée ! Elle avait grandement apprécié, d'ailleurs, ce clin d'œil quand il lui a dévoilé le tableau le soir de Noël ! Cette année, il pense s'orienter vers quelque chose de différent, peut-être en lieu avec le Projet de l'équipe… mais de manière discrète, évidemment !

Il n'est pas sorti, durant les deux derniers jours : à son retour avec Tata Edmée du Palais-Royal, Théodore l'a informé qu'un type louche semblait le surveiller depuis le trottoir d'en face et les avait même suivis, Yoko et lui… Prudemment, Sylvère est resté cloîtré, après avoir averti *Le robot* et *Kiki*. L'ensemble de l'équipe — dont tous les protocoles ont de toute manière été suspendus au vu des récents événements disséminés partout en France — est passé en mode silence total pour quarante-huit heures. Prétextant un coup de froid qui le clouait au lit, il a reporté son entrevue vaguement prévue avec *la gran*… avec Bertrande. Et depuis, le fameux type aux cheveux blonds filasse semble s'être lassé : il a disparu du quartier.

Il est maintenant plus que temps de relancer l'affaire avec Bertrande, à présent : elle avait émis le souhait, le jour de l'enterrement de Gaëtan après qu'ils étaient allés dans cette galerie d'art, de voir les tableaux qu'il a ici au duplex. Il va donc lui envoyer un message pour l'inviter à passer... Il lui fera goûter, pour l'occasion, à ce superbe thé du caviste, affiné au cognac, offert par Tata Edmée suite à son séjour cet été dans le Perche où il est produit par l'excellente Maison Émile Auté : elle semble relativement curieuse et aussi gourmande que lui, ce thé *Pu Erh* devrait lui plaire.

La réponse ne tarde pas, son écran s'éclaire de nouveau presque immédiatement dès qu'il le repose. Il réajuste ses lunettes rondes pour lire : « Je suis plutôt partante pour venir chez vous voir vos tableaux, mais il faut qu'on parle, Sylvain. Ou devrais-je dire Sylvère ? ». Bon sang, elle tape à une vitesse impressionnante ! Elle doit dicter ses messages, ce n'est pas possible autrement... s'étonne-t-il sans vraiment se formaliser du contenu ; il se doutait bien qu'elle finirait par mettre le doigt dessus ! Il a une réponse toute trouvée, quant à ces deux prénoms, qu'il lui exposera cet après-midi : il n'aime pas le Sylvère et se fait donc appeler Sylvain... Ceci devrait suffire à satisfaire sa curiosité : il ne peut décemment pas lui expliquer qu'il a un peu paniqué le jour où ils se sont rencontrés à la cérémonie pour son défunt frère (d'autant qu'il a participé à la mise en scène macabre dans laquelle son corps a été découvert...) et qu'il s'est inventé un prénom pour ne pas dévoiler sa véritable identité, au cas où !

Il tape, tranquillement, sa réponse. « Voyons-nous à dix-sept heures, chère Bertrande, pour l'heure du thé. Vous pourrez me cuisiner aux petits oignons si vous le souhaitez, je ne me défilerai pas ! » promet-il.

Elle confirme sa venue et il lui envoie son adresse ainsi que le code de la première porte cochère, même s'il soupçonne qu'elle a déjà tous ces éléments (et bien d'autres) en main, étant détective… Suite à cela, il se rend dans la cuisine pour prévenir Tata Edmée qu'ils auront de la visite, car il sait combien elle aime que tout soit au cordeau, dans ce genre de situation !

★

Laëtitia Mercadier, l'OPJ du vingtième qui était de garde quand le troisième père Noël a été découvert, n'a pas une minute à elle : avec tous ces meurtres un peu glauques orchestrés par, a priori, plusieurs timbrés partout en France ces derniers jours, elle avait déjà du mal sortir la tête de l'eau. Mais la nouvelle qui vient de tomber ne va rien arranger à son surcroît de travail : le schéma funeste se répète à présent à l'étranger : trois dans des pays d'Europe, un dans l'état du Michigan aux USA et même un en Australie où le tueur s'est montré particulièrement inventif avec la mise en scène — sur une plage — en ajoutant, aux traditionnels bonnet du père Noël et sa barbe, une grosse vingtaine de crackers festifs à l'intérieur desquels il avait inséré chacun des dix doigts de sa victime, ses deux testicules et son pénis, coupé en trois morceaux… Étant donné les fortes chaleurs qui sévissent actuellement dans l'hémisphère sud où c'est l'été, c'est l'odeur qui a alerté des baigneurs…

— Bordel ! s'exclame-t-elle, assise seule dans son bureau. Je n'aurais jamais cru que ça prendrait de telles proportions !

Elle se tâte un court instant, pesant mentalement le pour et le contre, et se résout à appeler qui de droit. Elle vérifie promptement, avant de saisir son téléphone, que personne ne traîne dans le couloir, devant, et compose le numéro, un peu tendue :

— Ici *Tata Dildo* ! Parlez ! lui répond la voix de femme qui décroche dès la première sonnerie.

Après une brève hésitation, Laëtitia se ressaisit. Après tout, il vaut mieux parler au bon Dieu qu'à ses saints, même si, d'après les bruits de fond qui lui parviennent, le bon Dieu en question semble être en train de touiller dans ses casseroles, à grand renfort de cuillères en bois :

— *Tata Dildo*, ici *Kiki*. L'opération Catharsis dépasse les frontières du pays. Cinq cas ce jour à l'international. Je vous envoie les documents comme d'habitude.

— Bien reçu. Je coordonne la transmission de l'information. Restez en alerte.

— Reçu.

— Rien d'autre, *Kiki* ?

— Négatif.

— Reçu.

— Terminé.

Tata Dildo raccroche, pose son téléphone sur le plan de travail, baisse le feu sous sa cocotte de porc aux pruneaux et se tourne vers *Diabolo*, qui était venu discuter avec elle et qui attend patiemment qu'elle le tienne au courant :

— Mon cher monsieur Sylvère, lui lance-t-elle en détachant le nœud de son tablier dans son dos, auriez-vous l'amabilité de bien vouloir continuer à surveiller la cuisson de votre repas de ce midi pendant que je m'absente quelques minutes ? Ah ! Au fait, notre projet prend une ampleur insoupçonnée, et nous avons maintenant des imitateurs dans d'autres pays !

— *Kiki* vous a dit où ? se renseigne-t-il en glissant le tablier autour de sa taille.

— Non, mais je vais recevoir ça d'un instant à l'autre. Le coursier ne met généralement pas beaucoup plus d'un quart d'heure. Mais dans l'immédiat, je vais monter occuper monsieur Théodore qui passe son temps à la fenêtre de la chambre de bonne comme une vieille maguette : vous pourrez réceptionner les documents ?

— Sans souci, Tata Edmée. Ensuite, à votre retour, j'irai chercher un bon vin à la cave pour ce midi... C'est une excellente nouvelle, je trouve ! Tous ces malades éliminés de par le monde !

CHAPITRE 7

(Le même jour)

Sylvère quitte le salon de thé de l'avenue de la République quelques minutes après Bertrande : il est passé au comptoir prendre, pour Tata Edmée, deux muffins *al cioccolato* garnis de *toppings* ultra colorés et vaguement design sur le thème de Noël. C'est que, l'air de rien, elle est tendance, la vieille gouvernante, et même un peu *hype*, avec son petit *it-bag* Chanel (reçu en cadeau pour son anniversaire le mois dernier) et son *it-chapeau* Billabong dont elle est si fière. Elle doit faire sensation, quand elle sort au marché des Batignolles avec sa Renée ! Sylvère esquisse un sourire et se rabroue : il ne devrait pas se moquer ! Et puis, il a beaucoup d'affection pour Tata Edmée, qui le lui rend bien !

Il rentre ensuite en *Uber*, et non en métro, ce qui lui permettra d'avoir un excellent alibi pour la fin de journée : si jamais la grande bringue venait à creuser de trop, elle constaterait qu'aujourd'hui il a passé une partie de l'après-midi avec son kiné, puis au salon de thé et, enfin, qu'il aura traversé Paris dans une e-208 (blanche, si tant est que ce détail ait la moindre importance pour sa Columbo gauloise), conduite dans des bouchons dantesques jusqu'au pied de son immeuble par le charmant Vianney (à qui, malgré son aversion pour la chose, il s'efforce de faire la conversation de façon courtoise. D'ailleurs, il lui mettra cinq étoiles : il tient à laisser bonne impression, au cas où quelqu'un l'interroge un jour). Tata Edmée attestera sans peine de l'heure à laquelle qu'il aura franchi le seuil, puisqu'elle patiente jusqu'au retour de son poussin adoré pour pouvoir elle-même s'éclipser. Comme une mère le ferait... Du moins, elle se plaît à le penser.

C'est en passant près du Palais Garnier par le boulevard des Capucines que Sylvère réalise qu'ils ne sont qu'à quelques centaines de mètres à peine des Galeries Lafayette. Il serait bien allé y faire un tour, par curiosité, d'autant que les lumières de Noël et les vitrines animées y sont, paraît-il, superbes, mais il doit s'en tenir à ce qu'il a prévu. Après tout, l'avent n'est pas terminé et des guirlandes qui clignotent, il n'a pas fini d'en voir... *Étrange !* pense-t-il, tandis que le dénommé Vianney s'étend sans retenue sur ses opinions quant au gouvernement en place. *À aucun moment la mante religieuse bodybuildée n'a évoqué le psychopathe de l'avent dont les médias nous rebattent les oreilles depuis hier soir ! Elle qui se targue d'être détective privée et d'enquêter sur l'assassinat de Gaëtan... Soit elle n'a pas fait le rapprochement entre les meurtres et son frère, auquel cas elle est très mauvaise, soit elle cache bien son jeu !*

— Ça vous ennuie si je prends par Caumartin ? lui lance Vianney, cherchant à accrocher son regard dans le rétroviseur intérieur.

— Aucunement… Comme cela vous arrange !

— C'est fou, cette circulation ! Vous iriez presque plus vite à pied. Enfin…

Il se trouve un peu bête, le chauffeur, d'avoir sorti ça comme ça sans réfléchir : il a parfaitement vu la canne de Sylvère, quand il l'a fait monter à l'arrière. Avec sa démarche, lorsqu'il s'en sert, ce n'est pas lui qui gagnerait le prix du meilleur randonneur parisien ! D'ailleurs, elle n'a pas tiqué, la Bertrande, au moment où il a dit qu'il avait été livreur en scoot. Pas même un regard vers sa canne dont le pommeau était appuyé sur le bord de leur table, au salon de thé. *Hum ! Vraiment mauvaise ou très méphistophélique dans son domaine !*

Près d'une demi-heure plus tard, il est enfin chez lui. Comme prévu, Tata Edmée faisait le pied de grue derrière la porte, enveloppée dans les effluves d'un plat épicé qui mijote.

— Ah, monsieur Sylvère ! Votre dîner est dans le four. Je vous laisse la surprise !

— Moi aussi j'ai une surprise pour vous, Tata Edmée ! fait-il en lui tendant la boîte cartonnée contenant les pâtisseries qu'il a choisies pour elle.

— Vous me gâtez, monsieur Sylvère, se ravit-elle.

— Je prends soin de vous, comme vous prenez soin de moi ! corrige-t-il, tout sourire. À demain, régalez-vous !

— Vous me transmettrez ce que vous aurez pensé de mon plat de ce soir… Ah ! Je me suis permis de donner votre vieux loden à votre petit protégé qui couche en face depuis deux nuits…

— Vous avez bien fait, Tata Edmée. Vous lui avez redemandé s'il ne souhaitait pas venir dormir à l'abri, au moins dans le hall ?

— J'ai insisté, il ne veut rien entendre : il dit que son chien n'est pas très sortable. Ce sont ses mots. (Elle rit.) À demain, monsieur Sylvère !

★

Dans une chambre d'hôtel un peu miteuse, près de la gare de Nord, nu, allongé à même le matelas à demi défoncé, se trouve Jean-Daniel. Les mains et les pieds attachés aux quatre coins du sommier, son visage rond de bébé bouffi à moitié chauve sue à grosses gouttes malgré le froid qui règne dans la pièce. Il semble crier quand le tranchant de la lame du couteau japonais entre en contact avec son pénis flasque, mais aucun son ne sort de sa bouche dans laquelle son slip, enfoncé en boule, sert de bâillon. Ses petits yeux supplient. Gaëtan intervient :

— Laissez-le partir ! Il ne dira rien !

Gaëtan ?! Qu'est-ce qu'il fout là ? Il n'est pas dans son tiroir, à la morgue ? Instinctivement, son regard se porte sur son entrejambe. À travers son jean, du sang coule en quantité. Il y a comme un moment de flottement durant lequel les deux hommes se fixent, immobiles et cois, juste avant que la grande bringue ne surgisse de nulle part, un *katana*[2] à la main.

Sylvère se réveille en sursaut. Il met quelques secondes à reprendre ses esprits, avachi dans son fauteuil face à son écran de télé. Il s'est encore endormi devant son épisode ! Il maugrée :

— Merde ! Le Jean-Daniel de mes deux !

Il l'a complètement zappé. Du moins, le fait que ce type risquait de poser problème, si la *mante religieuse* allait vérifier ses dires auprès de lui ! Hors de question, cela dit, de lui faire subir le sort qu'il lui réservait dans son cauchemar. Non, il suffira de mettre les choses au clair avec lui, de façon ferme et univoque. Il va contacter Ricardo immédiatement, malgré l'heure tardive, et celui-ci va trouver sur quelle corde tirer dans son passé pour assurer les arrières de Sylvain : tout le monde a de vilains petits secrets à cacher… Il se laissera sans peine intimider !

Une fois *Le robot* avisé via une énième carte SIM jetable, Sylvère, perdu dans ses pensées, s'approche de la grande fenêtre qui donne sur le square. Il en écarte le rideau d'un revers de main et admire la vue dont il ne se lasse pas : au loin, les projecteurs du phare de la tour Eiffel balayent l'horizon. Plus bas, les lampadaires arborent de gigantesques flocons étincelants qui confèrent à la rue une atmosphère presque féerique. Plus bas encore, le SDF, dans son sac de couchage… Sylvère ignorait qu'il avait un chien ! Où est-il, d'ailleurs, ce fameux clébard ? Bon sang, avec le froid qu'il fait, c'est quand même

[2] Sabre japonais

atterrant d'être contraint de dormir là ! Sylvère se mord l'intérieur de la joue, pensif. Après tout... Pourquoi pas ? Il chausse ses baskets, enfile son trench-coat et, chopant sa canne au vol, sort sur le palier. Quelques instants plus tard, il est sur le trottoir devant l'immeuble. Il traverse la rue, quasi déserte à cette heure avancée, et s'approche du SDF. Après quelques négociations avec lui, ce dernier accepte de monter avec son croisé labrador dans l'antique chambre de bonne qui sert de débarras à Sylvère.

— Ce sera un peu rudimentaire, mais dès demain je ferai arranger cela... précise-t-il, tandis qu'il l'aide à porter ses affaires jusque dans l'ascenseur. Vous serez tranquille, là-haut, et votre chienne ne dérangera personne ! Vous avez dîné, monsieur ?

— On a partagé un truc, avec Yoko...

— Comme je vous ai dit, ne vous inquiétez pas : l'appartement du dessous est vide, pour le moment, votre chienne pourra faire sa petite vie sans importuner qui que ce soit.

— C'est qu'elle n'a pas l'habitude d'être enfermée...

— Je vous laisse appuyer sur le bouton du dernier, ensuite il y a un étage à monter à pied. Je vous rejoins par le prochain voyage, je passe chercher la clé !

Après avoir apporté ladite clé ainsi qu'une tasse de thé chaud assortie de quelques biscuits, Sylvère redescend à son duplex. Il n'est pas loin de minuit et, malgré sa sieste impromptue devant son épisode, il sent poindre la fatigue. Il jette un dernier coup d'œil aux infos, sur une chaîne nationale, et constate, avec un sourire narquois, que le père Noël numéro quatre a été découvert dans l'entrepôt de Gennevilliers… ainsi que son pénis, livré chez son fils aîné, dans sa petite boîte soigneusement empaquetée pour Noël. Jusque-là, personne ne semble réussir à faire le lien entre les corps. Ou la nouvelle n'a encore pas fuité des locaux de la Police ? *Kiki* en saura certainement davantage, il l'appellera demain matin.

CHAPITRE 10

(Le même jour)

Pour une fois, Bertrande a troqué sa doudoune contre un long manteau noir, le seul qu'elle ait et qu'elle ne met que lors de ses escapades nocturnes. Elle a même chaussé des bottines noires. Sylvain a-t-il remarqué son élégance ? En tout cas, il semblait complice avec elle, lorsqu'ils ont évoqué « la potiche »… Son côté professionnel reprenant le dessus, elle jette un coup d'œil circulaire autour d'elle, tâchant de déceler à la périphérie de la foule un visage inconnu qui pourrait être celui du tueur… Outre Paul et sa famille qui l'ont accompagnée au funérarium pour les ultimes adieux avant la crémation, elle reconnaît l'une des femmes qui a élevé Gaëtan, la dernière en date, croit-elle se souvenir. Celle-ci s'approche et lui présente ses condoléances. *Ce n'est que le début d'un long défilé*, songe-t-elle… Elle a hâte d'en avoir terminé. Vivement qu'on lui apporte l'urne, qu'elle placera dans la niche à côté de celle de leurs parents ! Repérant ses ex-collègues, elle se dirige vers eux, d'un pas décidé.

— Salut ! Ouvrez bien l'œil, les gars !

— Oui, lui répond Rolland, son inséparable petit carnet à la main. Pour l'instant, R.A.S., mais si on voit une personne suspecte, nous l'interrogerons discrètement.

— Si ça se trouve, intervient Mattéo, le tueur est déjà en train de repérer sa prochaine proie. Mais maintenant que la presse a bavé sur ces meurtres de père Noël, il n'aura plus les coudées franches.

Bertrande, informée hier midi du cinquième « cas », déclare, l'air sombre :

— Je suis moins optimiste que toi... Au rythme d'un par jour ou presque, je gage que nous en aurons un sixième aujourd'hui.

— Quand même, les charognards de la presse ont donné des détails bien sordides ! Les pères Noël vont se méfier, rétorque-t-il.

— À propos de charognards, j'en vois deux, à quarante-cinq degrés sur notre gauche, reprend Rolland.

Le sang de Bertrande ne fait qu'un tour. Elle fonce sur eux et les invective :

— Dégagez de là ! Vous n'êtes pas au spectacle. Si je veux des photos, j'ai déjà un ami photographe. Et si vous ne déguerpissez pas, je risque de devenir violente.

Les deux journalistes battent prudemment en retraite, sous le regard amusé du duo de policiers.

— Je la reconnais bien là, commente Rolland.

— Ils se sont embusqués derrière une pierre tombale, fait remarquer Mattéo.

— S'ils restent à cette distance, ça devrait aller…

Au même moment, le responsable des pompes funèbres s'avance avec un sac, la mine grave et pénétrée d'importance. Aussitôt, la colère de la sœur du défunt retombe. Elle s'empare du sac et dirige ses pas vers le colombarium, devant lequel sont massés la plupart des personnes venues rendre un dernier hommage à Gaëtan. Ils s'écartent pour la laisser passer. D'un air recueilli, elle va déposer l'urne et murmure simplement :

— Adieu, petit frère !

Elle se décale ensuite pour permettre aux gens de prier ou de dire quelques mots. Ce n'est plus son affaire, mais elle doit quand même rester là, pour entendre leurs mots de sympathie…

Jean-Daniel arrive tout à la fin, seul.

Étonnant ! se dit Bertrande. Elle aimerait bien l'interroger, mais est bien consciente que ce n'est pas le lieu… Elle lui glisse cependant à l'oreille qu'elle l'appellera ce soir. Celui-ci hoche la tête. Il a l'air bizarre, tourmenté… Elle espère obtenir des explications.

Enfin, les derniers s'en vont. Il est 11 h 45. Seuls restent auprès d'elle ses proches, avec lesquels elle a convenu d'aller au petit restaurant grec qu'appréciait Gaëtan. Il aurait aimé cette attention, a-t-elle pensé. Ses deux ex-collègues ont noté qui était présent et, à la sortie du colombarium, ils ont même vérifié discrètement certaines identités, ce qui n'était pas du goût de chacun, mais ils s'en sont excusés avec la formule « simple contrôle de routine ». Ils saluent la haute silhouette vêtue de noir et s'en vont, en lui promettant d'examiner chaque cas.

Les convives sont au nombre de huit et se partagent un assortiment de spécialités, tout en évoquant des souvenirs. À 14 h, ils s'embrassent et chacun part de son côté. Bertrande a rendez-vous dans une demi-heure devant une galerie d'art. Ce n'est pas sa tasse de thé, mais, après tout, se cultiver ne peut pas faire de mal. Et puis si c'est le seul moyen pour elle d'en savoir plus sur l'énigmatique personnage que représente Sylvain à ses yeux, elle est prête à faire ce sacrifice. Elle a cependant contacté son indic hier pour qu'il se renseigne sur lui et le suive. Il a promis de commencer sa filature ce soir.

Comme elle a cinq minutes d'avance, elle patiente devant l'entrée. Des volutes de vapeur s'échappent de sa bouche. *Il fait vraiment froid et ce n'est même pas le début de l'hiver,* se fait-elle la réflexion. Heureusement, elle est bien couverte, mais elle aurait mieux fait de mettre l'écharpe qu'elle a offerte à son frère. Hier, Paul a pris un certain nombre d'affaires lui appartenant, comme elle le souhaitait. Pour le reste, ils ont tout apporté à Emmaüs, sauf les meubles, que des membres de leur personnel vont venir chercher. Elle a quand même emporté le matériel Hi-fi dernier cri chez elle, une statuette en ébène, une autre en ivoire et deux tableaux, une marine plus précisément, et un Kandinsky. Elle n'aime pas l'art abstrait, ou alors il faut que ce soit coloré, ce qui est le cas de celui-ci.

Elle va pouvoir en parler à Sylvain et se dit qu'elle aurait dû prendre des photos pour les lui montrer...

Ah ! Le voilà ! Sa légère claudication lui donne un certain charme, associé à son élégance.

— Prête pour la découverte de l'art ?

— Je vous suis.

— Quels peintres préférez-vous ? s'enquiert-il en poussant la porte.

— Comme je vous l'ai dit, je suis une novice. Mais j'ai quelques rudiments. J'aime certains Rubens, pour son jeu sur le clair-obscur, et les marines de façon générale parce qu'elles sont une invitation au voyage. J'en ai d'ailleurs récupéré une chez mon frère, ainsi qu'un Kandinsky. Mais j'avoue ne pas être fan d'art moderne...

— Je vois. Vous allez me dire ce que vous pensez des œuvres qui se trouvent ici. J'aurais pu commencer par l'impressionnisme ou le fauvisme, plus accessibles, il est vrai — je vous emmènerai au musée, si vous le désirez —, mais j'ai voulu vous surprendre en vous faisant découvrir l'art contemporain, car il enfreint la plupart du temps les règles de la figuration classique et s'ancre dans le surréalisme et l'impressionnisme. Il laisse ainsi beaucoup de place à l'imaginaire ; j'espère que certains de ces tableaux vous parleront.

Il s'arrête avec elle devant le premier, après avoir fait un signe de tête à la gérante de la galerie. Celui-ci est composé d'un fond bleu, sur lequel des taches, des coulures d'un jaune éclatant au centre, ainsi que des zébrures de vert sur les côtés, attirent l'œil. La profane fronce les sourcils.

— Je ne nie pas que ces couleurs me plaisent, mais franchement, qu'y a-t-il d'artistique là-dedans ? J'avoue que je ne comprends pas.

— C'est que vous considérez que l'art repose sur une technique, qui ne semble pas être requise ici. Vous devez faire table rase des idées reçues pour l'apprécier. Laissez parler votre cœur, simplement.

— Mais tout le monde est capable de faire ce genre de tableau, proteste-t-elle. Moi-même, je pourrais me dire artiste, dans ce cas-là !

— Et pourtant... Selon vous, quelle est l'intention de l'artiste ici ? Voilà ce qu'il vous faut découvrir ! Quels sentiments veut-il faire passer ?

— Je dirais qu'il était dans un état d'esprit positif... Le jaune est une teinte solaire et le vert sur les côtés rappelle que c'est un mélange des deux autres couleurs du tableau. Il y a une volonté de communion ?

— Oui, vous voyez ! Vous êtes capable d'apprécier, malgré vos préjugés. Passons à un autre tableau, celui de Céline Weber, que j'ai eu le plaisir de rencontrer. Elle est née en Afrique subsaharienne et manie aussi bien le pinceau que la taloche et le couteau. Alors dites-moi : quel rapport y a-t-il entre son titre, « Alchimie », et ce qui est figuré sur la toile ?

Bertrande aime assez ce rouge flamboyant qui forme comme un cœur au milieu de la toile. Mais il est plus ou moins bordé de noir, avec quelques touches de vert émeraude, ce qui lui fait également penser à un poisson, avec des sortes de nageoires. C'est ce qu'elle dit à Sylvain. Quant au rapport avec le titre, elle est perplexe…

— Si vous regardez bien, les coups de pinceau impriment du mouvement à ces couleurs, qui semblent en évolution. Or l'alchimie évoque la transformation, voire la transmutation : on peut donc supposer que les couleurs vont évoluer encore, s'étirer dans un sens ou dans l'autre, comme vous pouvez l'imaginer, à partir de ce qui vous a semblé des nageoires. Voilà ce qui me paraît en accord avec le titre.

— Hum… Si vous le dites, pourquoi pas ?

Ils demeurent là une bonne heure, devant des toiles très colorées, puis quelques sculptures abstraites. Lorsqu'ils sortent, Sylvain l'interroge.

— Alors, quelles sont vos impressions finales sur l'art contemporain ?

— J'avoue que je n'ai pas tout aimé, mais certaines oeuvres et sculptures m'ont touchée.

— Voilà qui me fait plaisir ! (Il consulte sa montre.) Je vais devoir vous abandonner, ma chère, mais je vous propose de nous revoir si vous le souhaitez, pour une autre galerie ou un musée.

— Ce serait avec joie ! Mais puisque vous êtes féru d'art, avez-vous des tableaux chez vous ?

— Bien sûr !

— Oh ! Vous me les montreriez ? minaude-t-elle.

La détective observe le visage de Sylvain. Lui permettra-t-il de l'approcher de plus près ? S'il refuse, c'est qu'il a des choses à cacher…

Après une infime hésitation, l'amateur d'art lâche :

— Pourquoi pas ? Je vous recontacte très vite pour vous donner une date, d'accord ?

Pour toute réponse, Bertrande qui est presque aussi grande que lui, pose sa bouche sur les lèvres de son guide et s'écarte aussitôt. Elle en avait envie depuis longtemps.

— Pour vous remercier, déclare-t-elle, avant de s'enfuir, comme une collégienne après son premier baiser.

CHAPITRE 19

(Deux jours plus tard, 19 décembre)

D'humeur joyeuse, les paumes des mains appuyées sur la paroi en verre de la douche italienne et savourant l'eau chaude qui masse sa nuque, Sylvère fredonne : « ♫ *Lookin' for some hot stuff, baby, this evenin', I need some hot stuff, baby, tonight* ♪ ». Sa soirée s'annonce plutôt dense, mais il a (comme toujours) prévu les choses dans les moindres détails et tout devrait parfaitement s'enchaîner. Il doit encore passer chez le charmant petit fleuriste qui fait l'angle, un peu plus bas, où il a réservé un bouquet. Il a mis le vin à chambrer, il ne faudra pas qu'il oublie sa bouteille de Château Margaux dans la cuisine. Mais avant cela, il va enfiler son pantalon gris, son pull noir à col roulé et son caban. Lorsqu'il a préparé ses affaires, avant sa douche, il a hésité entre ses *richelieu* havane et ses sneakers en daim de la même couleur. Tata Edmée, à qui il a demandé son avis, a tranché la question et désigné les sneakers avec un juste et incisif « Que je sache, ce n'est pas non plus un dîner galant, monsieur Sylvère ! ». Non, certes. Le dîner galant, ce sera demain, avec Bertrande. Ce soir, c'est chez Isabella, qui est professeure des écoles, en maternelle, et qui doit lui présenter une personne qu'il a hâte de rencontrer…

★

Encombré de sa besace, de son bouquet intitulé « douceur d'hiver », de son « premier grand cru classé » soigneusement empaqueté et de sa canne, Sylvère monte dans le Uber qui le conduira chez son amie, en proche banlieue.

À cette heure, les rues sont encore très congestionnées et il s'attend à quelques bouchons… Mais il ne se sentait pas d'affronter les transports en commun avec tout son chargement. Toutefois, il se fait la réflexion qu'il pourrait investir dans un bon sac à dos et une trottinette, comme bien des Parisiens. Il devrait opter pour un modèle électrique, avec sa jambe, et c'est bien ce dernier détail qui le freine : il n'aime pas trop l'idée de gaspiller cette énergie et de produire des déchets qui lui paraissent futiles. En plus, il lui faudrait un casque dont il ne saurait quoi faire ensuite, avec sa canne. Qui plus est, son bouquet arriverait abîmé ! Qu'à cela ne tienne : Uber est parfait pour lui ! Et ce soir, c'est une avenante Marina, à l'accent espagnol, qui le convoie. Cela étant, ils échangent peu : la circulation est dense avec des deux-roues qui surgissent de partout, des véhicules qui leur coupent la route sans vergogne et même des piétons sans gêne qui traversent n'importe où ! La conductrice reste concentrée et quelques jurons hispaniques lui échappent…

| CHAPITRE 19 |

À mi-parcours, Sylvère avise une pharmacie devant laquelle une place se libère :

— Vous serait-il possible, Marina, de vous stationner ici un instant ? se renseigne-t-il, lui indiquant l'emplacement. J'ai une course à faire, mais je promets d'ajouter un petit supplément…

Dans un concert de klaxons impatients, la modeste citadine grise se gare.

— Prenez votre temps, je vais en profiter descendre fumer une cigarette ! lui lance-t-elle tandis qu'il s'extirpe du véhicule.

Quelques minutes plus tard, Sylvère ressort de la pharmacie, une boîte de préservatifs dans sa besace en prévision de demain, avec *la gran…* avec Bertrande : il ne sait pas exactement quel aspect va revêtir leur soirée, mais il ne veut pas être pris au dépourvu ! Il n'est pas très motivé par l'idée en soi, il doit le reconnaître : il est plutôt dans la zone *gray-ace* du spectre asexuel, autrement dit hyposexuel, et en l'occurrence, si Bertrande génère en lui du romantisme, ça s'arrête là ! Cela étant, s'il se montre agréable (à tout le moins) avec elle, elle pourrait « oublier » d'enquêter de trop près sur lui… Un peu tordu, certes, et même un peu perfide, mais il préfère assurer ses arrières !

Marina et lui reprennent la route et c'est à vingt heures sept exactement qu'elle le dépose devant le petit pavillon d'Isabella qui clignote de partout : il y a un faux père Noël qui escalade la façade, et des rennes lumineux dans le jardinet. Les autres maisons ne sont pas en reste, avec des sapins qui rivalisent de décorations et des projecteurs sur certaines. Sylvère sourit de la mise en scène enfantine qui confère un air festif au quartier. Dans l'entrée, Isabella l'accueille chaleureusement. C'est une femme du même âge que lui, bien en chair et rayonnante, qui porte ce soir une tenue très sexy, valorisant ses formes. Elle le débarrasse de son caban et le remercie pour les fleurs.

— Ton ami n'est pas encore arrivé ? la questionne-t-il tandis qu'elle met le bouquet dans un vase, dans la cuisine qui embaume les épices, sûrement un curry qui mijote.

— Si ! Olivier n'attend plus que toi, mon cher ! réplique-t-elle, désignant une porte du menton.

— Fort bien ! Comment est-il venu ? Il y avait une de ces circulations !

— Il n'habite pas très loin, donc en vélo. On l'a mis dans le garage… Ils annoncent de la pluie.

Sylvère acquiesce.

— Où sont tes deux petits diables, au fait ?

— Chez leur père ! Semaine paire…

— Voilà qui est effectivement parfait !

— Je te laisse ouvrir ta bouteille, mon grand, et nous servir avant de le rejoindre !

Ils devisent de façon légère pendant qu'il s'acquitte de sa tâche, puis, les verres de vin à la main, elle l'invite à la suivre :

— Je te passe devant, tu ne m'en voudras pas ! Mais avec ta patte folle, j'aime autant !

— Laisse ma jambe en paix, gredine ! souffle-t-il en lui emboîtant le pas dans l'escalier derrière la porte.

— Ça fait quarante ans que je te connais, au bas mot, et je crois bien que je ne me lasserai jamais de tous ces petits noms adorables que tu me donnes !

— Tu te moques d'un pauvre infirme ! rit-il en lui assénant un léger coup de canne sur les fesses.

— Si je lâche les verres par ta faute, je te fais tout nettoyer !

— Un si bon vin, ce serait un sacrilège qu'il finisse dans tes marches…

— Alors reste tranquille !

Une fois en bas, Isabella pousse une porte, sur sa gauche et le laisse entrer.

— Ah ! Bonsoir ! fait-il en découvrant Olivier entièrement nu, attaché sur une croix de Saint-André au beau milieu de la sex-room d'Isabella.

L'homme, un quinquagénaire à première vue, ne lui rend pas son salut : un bâillon-boule de bondage l'empêche de répondre.

— Il semblerait que la situation excite notre ami, constate Sylvère d'un coup d'œil vers l'entrejambe du captif. Tu ne lui as donc pas expliqué la raison de sa présence ici ?

— Jusque-là, c'est un jeu sado-maso qui lui plaît beaucoup… Nous t'attendions pour la suite ! réplique-t-elle en lui tendant son verre de vin.

Tous deux trinquent et, observant Olivier, prennent une première gorgée.

— Il me semble qu'un bonnet de père Noël serait tout à fait de saison, non ? suggère Sylvère.

— J'ai ce qu'il faut : j'ai même la fausse barbe !

— Alors nous pouvons commencer, émet Sylvère en s'approchant d'Olivier.

Il pose son verre sur un guéridon, ainsi que sa canne, et enfile la paire de gants en cuir qui se trouve là. Puis il se saisit d'une cravache. Il en glisse l'extrémité sous le menton d'Olivier, lui redressant la tête pour le forcer à soutenir son regard pendant qu'Isabella l'affuble tant bien que mal du bonnet et de la barbe.

L'homme semble un peu perdu, et tendu, ce qui n'est pas pour déplaire aux deux amis. La barbe change son visage, mais sa mine reste inquiète.

— Ainsi, donc, commence Sylvère d'une voix gutturale en plongeant ses yeux au fond de ceux d'Olivier, on aime jouer à touche-pipi avec les petits garçons de sa classe de CP, monsieur l'instituteur ?

L'homme panique. Ce n'est plus du tout la charmante soirée coquine que sa collègue lui avait proposée… et qui l'avait bien aguiché, avec son histoire de plan à trois ! Sylvère abaisse la cravache d'un coup sec sur la verge de l'être immonde attaché face à lui. Le sexe perd toute sa vigueur et l'affolement laisse place à l'effroi sur le visage du pervers pédophile qui voit se profiler devant lui une séance de torture de l'avent semblable à celles décrites par les médias ces dernières semaines.

★

Assis près du poêle, dans la salle à manger, Sylvère repose ses couverts et félicite son hôte :

— Ton curry était succulent, Isabella !

— Je sais que tu aimes les nourritures épicées.

Un bruit sourd, provenant du sous-sol, leur parvient.

— L'équipe de nettoyage… Ils ont la clé ! dit-elle à son invité. Ils ont dû faire tomber le cadre dans le couloir, il ne tient pas bien…

— Tu as des nouvelles de *L'ours* ? Il s'en est sorti, avec le corps et nos déchets ? rebondit Sylvère.

— Il doit me garder au courant, à moins que tu n'en découvres plus par *Tata Dildo*…

— Je verrai cela demain, alors…

— Merci, en tout cas, de ton aide. J'ai fait un brownie, pour le dessert, je t'en apporte ?

— Une petite part, avec plaisir. Quant au reste, tu sais très bien qu'on n'allait pas laisser cette ordure continuer impunément son abject manège que tu as repéré la semaine dernière !

— Oui, mais on avait dit « les pères Noël tripoteurs ».

— Certes. Mais je crois que ce détail n'est, justement, qu'un détail… N'oublie pas de te débarrasser du vélo, au fait !

— *Le robot* s'en charge dès demain, m'a-t-il dit. Il a auparavant neutralisé le portable de ce monstre et fait son ménage quant aux données de localisation ou je-ne-sais-quoi, ce n'est pas ma partie…

— Parfait !

— Café ?

— Thé, tu sais bien… Encore qu'à cette heure-ci, je préférerais une tisane…

— Je vais voir ce que j'ai. Comment rentres-tu ?

— Uber, comme à l'aller. Tu me mets déjà dehors ? la taquine-t-il comme ils débarrassent.

— Pas du tout ! Simple curiosité… Et à ce propos, où ça en est, avec ta grande gisquette, là ?

— Bertrande ?

— Celle-là même, la sœur du deuxième.

— Ça suit son cours. J'espère ne pas devoir passer à la casserole, mais je pense de plus en plus que je ne vais pas y couper !

— Elle ne te plaît pas au moins un peu ?

— C'est assez confus, pour moi, pour le moment…

CHAPITRE 3

(Le même jour)

L'homme de ce soir lutte et se débat. Ça lui rappelle la chanson de La Môme, sauf que là, y'a pas foule du tout, puisqu'ils ne sont que trois dans cet entrepôt désaffecté du port de Gennevilliers. Le vieux père Noël presque décati n'ayant pas du tout semblé réceptif au charme qui a pourtant fonctionné avec ses trois prédécesseurs (au moins en partie pour le dernier), ils ont dû déclencher le plan B : ça pisse, les seniors, c'est bien connu ! Il n'y avait qu'à attendre qu'il aille vidanger pour le choper dans les sanitaires ; ceux qui se trouvent dans cette zone du centre commercial sont toujours déserts. La petite piquouse discrète (fournie par *Dr Maboul*) dans le cou pendant qu'il remballait Popaul dans son costume rouge, l'installation dans la chaise roulante que *Le robot* occupait et a libérée pour l'occasion, feignant une envie pressante lui aussi, et c'était parti ! Qui, même depuis les caméras, s'inquiéterait de voir un des agents de sécurité pousser avec déférence vers l'issue de secours le vieux père Noël groggy et indisposé dans un fauteuil ?

Après un court voyage en voiture jusqu'à l'entrepôt repéré en amont, la fête a pu commencer : si les trois premiers ont eu droit à un lit, celui-ci se contentera du sol poussiéreux. Il n'avait qu'à être plus conciliant au départ, ils n'en seraient pas là. Et en même temps, draguer un pervers âgé comme celui-ci, c'était un peu écœurant, pour *Diabolo*... Ce n'était peut-être pas plus mal qu'il se soit montré hermétique à son charme : rouler une pelle à ce vieux débris qui doit avoir la même haleine que les rennes du traîneau, non merci !

— Tu veux pas lui mettre au moins un truc, dessous ? suggère *L'ours*, d'un ton clairement désabusé.

Il lui décoche un regard perplexe. Accroupis tous les deux autour du père Noël numéro quatre bâillonné, ils sont affairés à le désaper intégralement, tout en le maintenant au sol, et ça ne va pas sans peine tant le type se démène, malgré les entraves et la première piquouse de tout à l'heure. Enfin, Diabolo réussit à lui retirer son slip. Une bonne chose de faite ! Il le jette sur le tas de fringues, plus loin, et en profite pour répondre à son acolyte :

— Tu veux pas non plus qu'on lui apporte le thé et des petits sablés anglais ?!

— Nan, mais genre au moins un peu de papier cadeau ? On en a plusieurs rouleaux dans le coffre du C15. J'dis ça pour la déco, pas pour lui !

— Mmmh... soupire *Diabolo*, peu convaincu.

Il se redresse et s'étire le bas du dos, massant ses cuisses du même geste.

— Quel lieu à la con, quand même ! lâche-t-il en jetant un regard circulaire dans l'entrepôt.

Entre la couche de poussière au sol, les feuilles mortes entrées au gré du vent par les fenêtres brisées et les vieux meubles rouillés plein de toiles d'araignées, c'est clairement ambiance Halloween plus que Noël !

— C'est le plan B du plan B, en fait… se sent obligé de se justifier *L'ours*, forçant pour empêcher le père Noël désormais nu de se dégager.

— Hum ! Le plan B du plan B… Ah bah c'est certain que c'est pas le plan A du plan A ! ironise *Diabolo*.

— Je n'accuse personne de rien, mais si tu l'avais aguiché comme les trois premiers, il est indéniable que…

— Celui-ci est peut-être pervers, mais pas du tout gay, si tu veux mon avis !

— Aide-moi, tiens, au lieu de bavasser ! Il a une de ces forces, le bougre !

— On va le tranquilliser avec une deuxième piquouse… Ça nous donnera le temps de tout mettre en ordre pour la cérémonie, lâche-t-il tout en sortant la seringue du sac.

D'un geste sûr, il en injecte le contenu dans le cou du père Noël dénudé, sans même lui accorder un regard. Un bruit métallique les fait sursauter, ils tournent la tête de concert vers la vieille table au fond, sous la fenêtre. Un des boulons rongés par la rouille roule au sol et termine sa courte course contre un carton éventré.

— Le vent… Ou un rat… souffle *Diabolo*.

— Faut pas être cardiaque ! Qui va le trouver, ici, notre gus ? se renseigne *L'ours*. Personne ne vient jamais… Il va pourrir là pendant des décennies à se faire bouffer par les rats et notre déco ne servira à rien !

— T'occupe. *Kiki* se charge de ça. Tiens, d'ailleurs, quelqu'un sait si le numéro trois a été découvert ?

— Pas que je sache. Wouahou ! Efficace, il dort déjà comme un bébé !

— Il ne bougera plus. On installe le matos : vu qu'on n'a pas d'électricité, dans ce palace, t'as pensé aux piles pour les guirlandes ? Y'a combien d'autonomie ?

— *Le robot* m'a dit trente-six heures sur les LED. On est larges. J'en ai pris de quoi faire tes dix mètres, pour l'étoile, mais en deux fois : dernier cri, pétillantes comme la tour Eiffel. Sont au fond du sac. Je m'occupe des boules. Enfin, celles pour la déco, pas…

— J'avais compris. Te mets pas des paillettes partout, cette fois.

— Une vraie galère pour s'en débarrasser, m'en parle pas ! Même après la douche hier soir j'en retrouvais encore…

— Ça serait con qu'on nous suive à la trace…

Ils échangent un regard circonspect.

— Il n'avait pas de téléphone portable, le vieux ? demande *L'ours*.

— Pas sur lui. De toute façon, *Le robot* était sur place et devait *checker*.

À peine un quart d'heure plus tard, tout est en ordre : les guirlandes clignotantes disposées en forme d'étoile à cinq branches autour du bonhomme, les boules un peu partout, le bonnet de père Noël érigé en cache-sexe. Celui-ci avait une vraie barbe, pas blanche, certes, mais grise : inutile d'en apposer une fausse !

— Ça rend bien, malgré le lieu ! s'enthousiasme *L'ours*, tandis que son collègue remballe la troisième et dernière seringue usagée dans le sac.

— Mmmmh... Il est temps d'en finir, lance *Diabolo* en lui tendant un couteau japonais. À toi l'honneur, ce soir ! Moi, je vais me changer pour rentrer dans une tenue appropriée. La boîte est dans ma besace...

★

Une fois leur forfait accompli, *L'ours* et *Diabolo* se séparent à la sortie de l'entrepôt. Le premier embarque le paquetage de leur mission dans son C15 gris, ainsi que le sac poubelle avec tous leurs déchets, dont leurs gants et les fringues du vieux, pour s'en débarrasser de manière sûre bien plus loin. Le second, quant à lui, se hâte, malgré la fatigue après ces efforts physiques, de rejoindre une artère plus passante pour se mêler à la foule : au loin, l'enseigne lumineuse d'un commerce indique déjà dix-neuf heures cinquante-neuf...

Au même moment, dans le vingtième arrondissement de Paris, la Police est appelée après la découverte d'un corps dans une chambre d'hôtel : il s'agit d'un sexagénaire, entièrement nu au milieu de décorations de Noël, un bonnet rouge à pompon blanc disposé à l'entrejambe. L'OPJ Laëtitia Mercadier, se rendant sur les lieux, envoie un discret petit message à son ancienne coloc, Lola, stagiaire à L-Info. Au JT de minuit, au plus tard, à n'en pas douter, « l'affaire du psychopathe des pères Noël » sera à l'écran.

CHAPITRE 22

(Le lendemain, 22 décembre)

Aujourd'hui, la détective est allée courir. Elle vient de prendre sa douche et se trouve nonchalamment alanguie, telle une odalisque, sur son canapé, Rufus à côté d'elle. Elle repense à la soirée et à la nuit en compagnie de Sylvain. Un sourire étire ses lèvres et son regard s'égare un moment, avant de tomber sur les dossiers de l'enquête, entassés sur son bureau. Hier, elle était sur un petit nuage et a passé une partie de l'après-midi chez sa sœur adoptive, qui lui avait proposé de venir. Il est temps qu'elle s'y replonge. Elle se redresse et la boule de poils roux en profite pour prendre sa place.

— Alors que nous disent ces photos ? murmure-t-elle en les étalant par terre.

Elle examine de nouveau attentivement toutes celles des mises en scène, puis celles tirées à partir des bandes de surveillance des caméras, quand il y en avait, évidemment. Rien de très probant et souvent flou. On est loin des séries américaines où les flics ont rapidement une image de bonne résolution, grâce à la technologie… Sur l'une d'elles, pas très nette, le type pourrait être un suspect potentiel… Elle la met de côté. Le reste ne l'inspire guère. Mais au moment de refermer la pochette, son œil est attiré par un agent de sécurité à la peau foncée, poussant un fauteuil roulant avec un père Noël. Son cœur rate un battement. Et si c'était Sylvain ? Ils ont la même taille… Elle retourne le cliché fébrilement.

Au dos est écrit « centre commercial Qwartz, père Noël Numéro 4 ».

Elle se relève et s'empresse d'appeler David.

— Salut ! Toujours pas de nouvelles de Boutron ?

— Non, sinon je t'aurais prévenue. Le mec a joué les filles de l'air, on dirait. Cela dit, il finira bien par réapparaître. Mais la hiérarchie nous met la pression pour démasquer le ou les tueurs de pères Noël, du moins ceux qui ont opéré sur Paris et la région. On avance, mais tu sais ce que c'est, avec la paperasse en plus…

— Justement, je t'appelle à ce propos. Tu peux m'envoyer le fichier de la caméra du centre commercial du Qwartz ? Je tiens peut-être quelque chose.

— O.K. Tu me diras ?

— Dès que j'ai une certitude, promis.

Une minute plus tard, elle ouvre lance la vidéo pour la visionner. Voilà ! C'est le moment. Elle observe la démarche de l'agent de sécurité, dont elle ne parvient pas à distinguer le visage, ce serait trop facile. Il ne boite pas ! Elle est soulagée. Cependant, le doute subsiste : même gabarit, même profil… En plus,

Sylvain-Sylvère a clairement manifesté son dégoût pour les pervers, ce qui en fait un potentiel coupable... Doit-elle informer David ?

Mal à l'aise, elle va se faire un café. En tout cas, si c'est lui, il n'a pas pu agir tout seul... Elle ne l'imagine pas se charger de la basse besogne. Il aurait donc une équipe sous ses ordres ?

Une heure plus tard, comme elle décide de se préparer à manger — on réfléchit mieux le ventre plein, lui a toujours dit Corinne, sa mère adoptive —, son portable sonne.

— C'est moi, dit David. On a continué à creuser sur ton client, Seychan. Figure-toi qu'en vidant son bureau, le patron a découvert une seringue dans une enveloppe, tout au fond d'un tiroir. Nous venons de recevoir les résultats d'analyse : elle contenait une substance paralysante, la même qui a servi pour ton frère et les autres pères Noël. En plus, le soir de la mort de Gaëtan, madame Seychan s'est souvenue que son mari était rentré très tard, bien après minuit. Alors il nous paraît plus que probable qu'il a tué Gaëtan en imitant le *psychopathe de l'avent*.

— Mais pourquoi ? Un crime passionnel ?

— Vraisemblablement...

— Mais ça ne nous dit pas qui l'a éliminé après... Vivement que vous mettiez la main sur Boutron ! On aura enfin le fin mot de l'histoire !

— Oui, j'aimerais vraiment en finir moi aussi avec cette enquête. Imagine que ce Seychan soit plus qu'un *copycat* ! Après tout, les meurtres se sont arrêtés quand il est mort, et là, je ne parle pas des imitateurs qui ont suivi.

— C'est un élément troublant, en effet... En tout cas, j'avoue que cette éventualité nous offre de nouvelles perspectives !

Quand elle raccroche, Bertrande est déconcertée au plus haut point. Alors qu'elle en venait à soupçonner Sylvain, voilà que les dernières investigations de ses collègues l'amènent sur une autre piste... À vrai dire, maintenant qu'elle a fait de lui son amant, qu'il soit disculpé l'arrangerait. Elle se trouvait jusque-là dans une position inconfortable, tiraillée entre son attirance pour Sylvain et sa volonté de découvrir la vérité, ce qui l'amenait à le considérer comme un suspect potentiel. Après tout, il avait cultivé son côté mystérieux, ne faisant qu'amplifier son intérêt pour lui. Et alors qu'elle vient de faire le lien avec une photo sur les lieux d'un des crimes, voilà que la révélation de David remet en cause la trouvaille qu'elle vient de faire...

Elle soupire. Il faut qu'elle s'en assure en ayant une conversation avec Sylvain pour lui parler de ce qu'elle a sur le cœur. Elle lui envoie aussitôt un message :

« Bonjour Sylvain ! On peut se voir ? »

« Passe prendre le thé à la maison si tu veux. Tata Edmée et moi avons fait des biscuits de Noël, mais elle est absente aujourd'hui. »

« J'arrive ! »

Elle note qu'il a fini par accéder à sa demande de tutoiement. Ils ont quand même couché ensemble !

En outre, Tata Edmée n'étant pas là, elle pourra parler librement, et plus éventuellement…

Dans la foulée, elle confirme à Paul leur dîner de ce soir et se prépare à sortir.

★

Le maître de maison paraît, tellement sexy dans son pantalon pied-de-poule ajusté et son gilet sans manches sur sa chemise blanche qui fait ressortir son teint caramel.

— Bonsoir, belle dame ! Donnez-moi votre manteau, je vous prie.

— Bonsoir, bel Adonis, réplique-t-elle sur le même ton.

Puis elle se hausse légèrement pour effleurer sa bouche.

— Alors, que me vaut le plaisir de ta visite ?

— Je suis toujours sur l'enquête, répond-elle en le suivant dans le salon où plusieurs assiettes de sablés, de forme et de texture variées, les attendent. Bertrande remarque que certains ont la forme d'un père Noël, d'autres de croissant de lune ou d'étoile.

— Très bel assortiment ! apprécie-t-elle.

— Nous allons en commencer la dégustation.

Ils croquent chacun dans un bout et commentent les saveurs : vanille, anis, cannelle ou simplement beurre salé réjouissent leurs papilles. Sylvère constate avec plaisir que depuis leur première rencontre, sa partenaire semble faire des efforts de vestiture : aujourd'hui, elle porte une robe-pull noire, agrémentée d'un tour de cou en perles (sûrement fausses) avec des boucles d'oreille assorties, et des collants.

Celle-ci attend de terminer son thé pour interroger son amant en tête-à-tête. Alors seulement, elle entre dans le vif du sujet :

— J'ai un gros dilemme, Sylvain. Comme tu le sais, je cherche désespérément le coupable du meurtre de mon frère et des autres aussi. Or, après plusieurs recoupements et des images vidéo, j'ai bien cru te reconnaître en train de pousser un faux père Noël. Mais mon ami policier privilégie une autre piste, des plus sérieuses.

Elle darde ses prunelles dans les siennes, mais il ne cille pas. Aussi continue-t-elle :

— Donc, j'aimerais avoir ton avis. Que ferais-tu à ma place ?

— Tu me demandes si tu dois me dénoncer comme possible suspect, c'est bien ça ?

Son ton est complètement neutre : impossible d'y déceler la moindre émotion. Bertrande poursuit donc, guettant son visage :

— Oui. Mais je n'en ai pas envie, non seulement parce que j'éprouve des sentiments pour toi, mais aussi parce que je suis d'accord, au fond, avec le tueur de l'avent, qui élimine des ordures. Sauf que mon frère n'en était pas une, je te prie de me croire.

— Donc tu en veux au tueur de sa méprise ?

— Oui.

— C'est compréhensible. Mais si je n'étais pas le gars sur la photo ? Tu m'attirerais des ennuis pour rien... Tu me vois vraiment dans la peau d'un tueur ?

— À vrai dire, je ne sais pas. Je te vois mal éliminer quelqu'un de sang-froid, mais l'habit ne fait pas le moine, je suis bien placée pour en parler, et tu pourrais avoir des complices... avance-t-elle, bien qu'à contrecœur.

Sylvère ne lui facilite pas la tâche : il s'applique à la faire hésiter, et elle le comprend. Il pose alors la main sur sa cuisse gainée de lycra brillant et déclare doucement :

— j'ai bien saisi ton problème de conscience, mais je ne peux pas décider à ta place... Cependant, puisque tu me le demandes, je crois que je m'accorderais le bénéfice du doute, dans la mesure où la police tient un coupable... C'est qui d'ailleurs ?

— C'est Seychan, a priori, mais comme il est mort, lui aussi, on ne peut pas l'interroger.

— Hum... fait-il en glissant sa main plus haut sur sa cuisse.

Elle laisse échapper un soupir et rétorque, amusée :

— Tu triches, là.

— C'est le jeu, très chère.

Ce disant, il avance sa bouche vers la sienne et tous deux échangent un langoureux baiser. Bertrande, émoustillée, ne compte pas en rester là. Elle remonte sa robe et s'assoit à califourchon sur lui. Sa posture produit l'effet escompté. C'est elle qui commence l'effeuillage de Sylvain qui se prête volontiers au jeu et se charge de poursuivre…

Après cette séance de jambes en l'air, ils se quittent tous deux et promettent de se revoir très vite, après le 25, chacun passant Noël en famille. Bertrande, détendue, retourne chez elle et se change, se faisant une joie de raconter à Paul les derniers événements.

CHAPITRE 11

(Le lendemain, 9 décembre)

Le TGV 8063 qui relie Rennes à la gare Montparnasse de Paris file dans la nuit glaciale. À son bord, *Diabolo* et *Guizmo* sont installés dans deux wagons différents, comme pour l'aller il y a maintenant cinq heures. Ils sont d'ailleurs montés séparément, au Mans, comme s'ils ne se connaissaient pas. *L'ours*, quant à lui, a tout le barda habituel dans son C15 qui le ramène à la capitale par l'autoroute A11. Ça tombe bien, il avait un chantier dans le coin : même si les caméras ou son badge de télépéage étaient examinés, il pourrait justifier son voyage. De même, *Guizmo* a sa mère dans la Sarthe. Mais pour *Diabolo*, c'était plus délicat : le billet a été pris sous un faux nom par *Le robot*, afin d'éloigner tout soupçon.

Leur arrivée est prévue pour vingt et une heures dix, Sylvère estime qu'il a largement le temps de finir de lire le roman qu'il a emmené pour le trajet. Prudemment, son portable est éteint et il n'a pas d'autre occupation. Mais son esprit vagabonde. L'équipe du projet (réduite, certes) a laissé un sixième pervers, manceau cette fois, se vider de son sang, nu sur un lit dans une sorte de motel, le pénis quelque peu raccourci, avec toujours cette mise en scène de Noël que les médias attribuent au désormais célèbre *psychopathe de l'avent*. En tout cas, se ravit Sylvère, si les pères Noël parisiens se méfient dorénavant et sont sous surveillance policière, celui d'aujourd'hui dans cette galerie commerciale sarthoise s'est fait avoir comme un bleu par le petit jeu de séduction de *Guizmo*. Un pédophile de moins !

De ce qu'il a pu observer ces derniers jours, l'opinion publique serait même plutôt de leur côté, grâce à la publicité que leur fait la presse : un meurtrier qui s'attaque aux pédophiles ! Les gens n'aiment pas ça, les pédophiles… Il l'a constaté de visu à l'enterrement de Gaëtan : les médias avaient déjà relayé l'info quant à la perversion sexuelle des victimes et bien moins de monde était présent que lors de la cérémonie au pavillon. D'autant plus qu'il s'agit en l'occurrence de dépravés qui usent de leur costume de père Noël pour tripoter impunément des gosses ! Sylvère ne peut réprimer la moue d'écœurement qui tord son visage. *Dr Maboul* a insisté pour qu'ils injectent du midazolam, entre autres, pour sédater ces enfoirés afin qu'ils ne sentent pas grand-chose. Si ce n'était que lui, ils n'auraient certainement pas ce traitement de faveur ! Maigre jouissance pour l'équipe et lui, toutefois, ils ont à cœur d'exposer à ces trous du cul libidineux les faits qui leur sont reprochés avant de les endormir complètement. De toute façon, ils sont bâillonnés et parfois déjà partiellement drogués, donc peu réagissent vraiment. En tous cas, pas physiquement ni verbalement. Et maintenant qu'à Paris et en banlieue ils ne peuvent plus les aborder aussi facilement, malgré les signalements qu'ils récoltent, et qu'ils se sont rabattus sur les calendriers de l'avent en guise d'avertissement, les journées sont un peu plus calmes. Sauf aujourd'hui, évidemment.

Bercé par le roulis, Sylvère s'est finalement endormi et ne se réveille qu'au terminus. Faute de téléphone actif dans l'immédiat (afin d'échapper à toute géolocalisation, même *a posteriori*), il ne peut pas se commander d'Uber et se contentera du métro. Sans sa canne, et avec la fatigue de la journée, il va ressembler à un petit pépère, dans les escaliers des stations ! Il a hâte d'être chez lui pour se mettre à l'aise et rallumer son portable. Tata Edmée, à qui il a dit de ne pas l'attendre et qu'il rentrerait tard, ne lui a pas préparé de dîner : il va devoir improviser. Il se commandera sans doute un repas… Il mangerait bien indien, ce soir ; après ce bain de sang manceau, il n'a pas envie de viande ! Un dhal et quelques samossas aux légumes, ce serait parfait. Ensuite, il pourra prendre le temps d'échanger un peu avec *la mante religieuse* bodybuildée, qui avait d'ailleurs une certaine classe, hier, avec ce manteau long. Il aimerait bien l'emmener voir les colonnes de Buren, histoire de la confronter à l'art contemporain de manière immersive…

Quand il allume son téléphone, au calme, sur son sofa, c'est un message vocal de *Tata Dildo* qu'il trouve, où elle l'informe que pour le petit-neveu, il faudrait se renseigner au plus vite sur un *Kiki*… Sylvère, bien que fourbu de sa journée, s'en va quérir une carte SIM dans sa planque habituelle pour s'acquitter de cette tâche :

— T'es pas du genre rapide, le *Diabolo* ! J'ai failli attendre ! lui lance-t-elle en décrochant avant même que la deuxième sonnerie ne retentisse.

— Navré, je prenais le thé avec Sa Majesté Charles III et ça s'est un peu éternisé… Tu sais ce que c'est, ma chère, les mondanités, tout ça… Sans compter le trajet du retour, avec les grèves à l'entrée du tunnel…

— Paie-toi ma tête, tiens…

— Moi ? Je n'oserais jamais, enfin !

— Hum !

— Qu'est-ce que tu voulais ? recentre-t-il la discussion. Je n'ai pas encore dîné et je dois passer commande après avoir raccroché.

— Pauvre petit chou…

— Je t'emmerde, ma chère.

— Moi aussi. Alors : ça fait suite à la conversation de quand je t'ai eu après l'enterrement du deuxième.

— Dis-moi…

— Le corps découvert hier dans le 3e arrondissement est celui d'un certain Luc Chaumeton, cinquante-cinq balais. Sur les photos que je t'ai envoyées, tu as pu constater que la mise en scène n'est pas autant soignée que la nôtre : il manque notamment les boules pailletées, remplacées par des boules argentées, et la fausse barbe. Bon, le type avait une moustache, mais… voilà…

— J'ai vu, oui. Et les guirlandes ne forment pas une étoile à cinq branches aussi régulières.

— Effectivement.

— L'imitateur n'est pas très bon…

— Et le type ne semble pas forcément être connu pour pédophilie, mais on n'est pas dans la vie privée des gens, non plus.

— Certes. Si ça se trouve, on a incité quelqu'un à se venger après avoir été victime ou témoin… suggère Sylvère, pensif.

— En tous cas, comme nous disions avec *Guizmo* que j'ai eue juste avant toi, tant que le pénis du Luc en question n'a pas refait surface, on ne saura pas vraiment si on doit s'inquiéter ou non : les domiciles et lieux pros des proches sont sous surveillance renforcée, un coursier se fera immanquablement pincer. Après, ils pourront remonter aisément jusqu'à l'imitateur, si ce n'est pas lui-même qui livre. Et là, sincèrement, je ne pense pas que la personne prendra à son compte ce que nous avons déjà fait…

— Tu peux te renseigner sur la pédophilie présumée de la victime ?

— C'est en cours, mon grand, mais c'est chercher une aiguille dans une botte de foin géante !

— On a globalement l'opinion publique derrière nous, si quelqu'un sait quelque chose, ça devrait émerger rapidement.

— En attendant, on suspend tous les protocoles. J'ai déjà informé *Guizmo*, *L'ours* et *Le robot*. Je guette l'appel de *Dr Maboul*, mais ça ne devrait pas poser de problèmes quoi qu'il en soit… Tu préviens *Tata Dildo* demain matin ?

— C'est noté. Rien d'autre ?

— Néga… Attends ! Attends ! Merde ! Ou pas…

— Quoi ?

— Nouvelle victime, ça vient de tomber : dans le 5e, cette fois.

— Père Noël aussi ? se renseigne Sylvère, surpris.

— Affirmatif. Et…

Un bruit de feuilles qu'on remue parvient jusqu'à Sylvère.

— Oh bordel ! Un autre, à Lyon ! lâche *Kiki*.

— Gare de Lyon ?

— Non, la ville. Et… eh bah ! Décidément ! Un encore à Amiens et un autre à Annecy…

— Joli !

— Je te laisse, je checke tout ça.

— Reçu.

— Terminé.

★

Attablé devant son dhal de lentilles, Sylvère textote tranquillement avec Bertrande. *Il faut que je cesse de la surnommer mentalement la grande bringue ou la mante religieuse*, songe-t-il tout en mangeant, *ça risque de m'échapper un jour et je ne pense pas qu'elle apprécie des masses*… D'autant qu'elle l'a embrassé, et qu'il en est bien embarrassé ! Mais il doit conserver un œil sur elle et, il doit bien le reconnaître, sa compagnie n'est pas désagréable. Libéré, pour le moment, des obligations de l'équipe de l'avent, il autorise Sylvain à lui proposer une sortie demain au Palais-Royal : les deux cent soixante colonnes de marbre installées dans la cour n'attendent qu'eux !

CHAPITRE 17

(Deux jours plus tard, 15 décembre)

Ce 15 décembre est particulièrement doux, cette année, et le soleil a progressivement remplacé les nuages dans la matinée. Les températures sont bien au-dessus des normales saisonnières, comme se plaisent à le répéter en boucle les bulletins météo dans les médias. *De toute façon, on sait bien que quand ils tiennent un truc, aussi infirme soit-il dans ce vaste Monde, ces pisse-copie et autres journaleux sont pires qu'un chien avec os !* pense Sylvère, le regard perdu sur le zinc des toits parisiens étincelants que lui offre la vue depuis son séjour.

Encore que, somme toute, le fait que ces exégètes aient pris *le psychopathe de l'avent* pour sujet d'étude jusqu'à l'écœurement ne soit pas pour lui déplaire : une pandémie macabre éradique désormais à tour de bras ces abjects tripoteurs d'enfants, pères Noël ou pas… La police française semble dépassée par les événements, et il en va de même dans tous les autres pays concernés, même ceux qui ne fêtent habituellement pas Noël : les mises en scène varient un peu, mais les liquidations et leurs mobiles sont les mêmes. Et comme l'a très prosaïquement fait remarquer hier *Tata Dildo* lors d'une courte réunion de l'équipe au grand complet autour d'un apéro-express ici, au duplex : « Ça en fait, des quéquettes coupées ! ».

Sa tasse de thé à la main, Sylvère tourne légèrement la tête et jette un regard sur l'horloge murale binaire. La combinaison des LED des différentes colonnes affiche précisément treize heures treize. Il sourit ; c'est une heure qui lui convient ! Il prend une dernière gorgée de cet excellent Darjeeling et repose sa tasse sur le plateau de la table. Tata Edmée, qui guettait ce signal depuis le couloir, entre d'un pas résolu pour récupérer tout cela : elle a déjà fait la vaisselle du repas de midi de son précieux poussin et, avant d'attaquer le rangement du cellier, voudrait s'assurer que tout le reste est en ordre en cuisine.

— Si jamais vous me cherchiez, je vais monter à l'atelier, Tata Edmée ! l'informe son patron.

— Très bien, monsieur Sylvère. Votre toile de Noël avance comme vous le souhaitez ?

— Je m'essaie à quelque chose de plus... surréaliste, cette année.

— Dalí ?

— Miró... sauce Kancel. Je n'ai pas son talent...

— Ce sera superbe, comme chaque fois !

— Vous n'êtes pas objective ! sourit-il. Mais merci...

— Je me plais à penser que je suis, à tout le moins, inventive...

Ils échangent un regard complice, juste avant qu'elle ne quitte la pièce, le plateau dans les mains. Sylvère, quant à lui, s'apprête donc à emprunter l'escalier qui le mènera à l'étage où se situe son atelier, lorsque son portable lui annonce l'arrivée d'un SMS. Il prend le temps de le lire, appuyé sur sa canne ; c'est *la mante rel...* Bertrande, qui le relance pour une nouvelle sortie ensemble. Il a reculé l'échéance pour répondre à son précédent message, mais elle semble mordue ! De deux choses l'une : soit il est particulièrement irrésistible et elle a succombé à son charme de manière indéniable, soit quelque chose de plus pernicieux (toute détective privée qu'elle est) la pousse à ne pas surtout pas le lâcher, un peu comme les journalistes avec leurs os à ronger. Il ne sait pas bien, maintenant qu'il y pense, dans quelle mesure ces deux options ne sont pas liées, dans la tête de Bertrande ! *Hum ! Quel casse-tête, au final, cette nana ! Encore qu'elle ne soit pas inintéressante...*

Il repense également au baiser qu'elle lui a volé, l'autre jour, après leur visite à la galerie. Ce souvenir lui arrache un nouveau petit sourire. C'était agréable.

Elle n'irait quand même pas jusqu'à feindre d'avoir quelques sentiments pour lui et de l'embrasser, uniquement pour espérer lui tirer les vers du nez ? *Non, Diabolo, il n'y a que toi, pour imaginer faire un truc pareil aussi malsain !* Et puis, elle se refuse peut-être à le concevoir, mais son cher frère adoré, Gaëtan, n'était peut-être pas si innocent que ça... Certes, ce n'était pas lui qui était réellement visé le deuxième jour de décembre. Mais rien ne prouve non plus que ce n'était pas un sale con, comme un mec violent ou un dealer de *speed*, d'*amphet*, de *crystal*, ou d'*ice ?*

Ou même un violeur qui utilise des psychotropes dilués dans des verres d'alcool pour agresser sexuellement ses proies après les avoir droguées ? Ce n'est pas parce qu'il était gay que ça ne se peut pas... Est-ce que cette possibilité l'a seulement effleurée ?

S'adossant au mur un moment, il retire ses lunettes pour les nettoyer, songeur... Il va lui proposer de faire un tour au marché de Noël des Tuileries. Ça les changera un peu des œuvres d'art, place à l'artisanat ! Et ainsi, il ne prend pas un gros risque : elle ne va quand même pas lui sauter dessus en public, avec son horrible doudoune et son bonnet !? Il faudra peut-être éviter de monter dans l'une des quarante-huit cabines de la Grande Roue, place de la Concorde s'il ne veut pas lui servir de quatre heures...

★

Sylvère a croisé Théodore et Yoko, en rentrant de chez le chocolatier où il a réservé un ballotin pour ses voisins de palier, un couple extrêmement âgé. Tata Edmée aurait pu s'en charger, mais il aime bien choisir lui-même le contenu de la boîte. Il ira leur déposer le matin de Noël, s'ils sont là. Quant à Théodore et Yoko qui descendaient de l'ascenseur au rez-de-chaussée, ils sortaient pour la promenade de la chienne.

— Vous venez avec nous, monsieur Kancel ?

— Je vous l'ai déjà dit, Théodore, vous pouvez m'appeler Sylvère.

— Soit ! Vous venez avec nous, Sylvère ?

Ce dernier laisse glisser son regard sur sa canne, hésitant.

— Vous savez, Yoko flâne, on y va tout doux… fait le quadra pour le rassurer.

— Alors, je vous suis !

C'est l'heure où les lampadaires s'éclairent, ainsi que les ornements lumineux qui jalonnent la rue. Comme le temps est superbe, il ne fait pas si froid que ça et la balade est agréable.

— Je ne vous avais jamais vu auparavant, Théodore, dans ce quartier… hasarde Sylvère.

— Hum ! On s'est fait virer des beaux boulevards pour les fêtes, on jurait dans le décor, je présume… Mais je me doute que votre question, qui n'en est pas vraiment une, portait sur ce qui nous a poussés à la rue…

— Non, non… J'ai simplement été surpris de vous voir là, un soir, sur ce trottoir ! Le reste ne me regarde pas !

— Vous savez, avec un chien, on se fait refouler de partout…

— Je comprends, oui. Votre labrador est pourtant bien douce.

— Vous savez pourquoi elle s'appelle Yoko ?

— Yoko Ono ? tente Sylvère. John Lennon ?

— Exactement ! Cette Yoko-là. Mais pas pour John Lennon. Juste pour l'artiste elle-même. J'ai un temps enseigné les arts plastiques…

— Je vois…

Sylvère ne sait quoi dire… Ce Théodore lui paraît bien sympathique. Mais que s'est-il passé, dans la vie de cet homme, pour être SDF à quarante ans ?

— Je ne voudrais pas abuser de votre hospitalité, vous savez… lâche le bonhomme, comme s'il lisait dans ses pensées.

— Ne vous inquiétez pas de cela pour le moment ! le rassure Sylvère. Laissons passer les fêtes et nous en reparlerons…

CHAPITRE 5

(Paris, 5 décembre)

Les yeux rivés sur l'horloge murale binaire, Sylvère guette le moment où les LED des différentes colonnes vont se combiner pour afficher très précisément sept heures sept. Il aime les nombres premiers. Il aime aussi l'originalité et tout ce qui touche aux sciences… Le carré du bas s'illumine enfin. C'est le signal qu'il attendait : ça a suffisamment infusé puisqu'il a versé l'eau frémissante dans la théière à sept heures trois pétantes. Il se sert sa tasse matinale et s'autorise donc à allumer son portable qu'il repose à droite de son set de table.

Cette fois, c'est le signal que Tata Edmée attendait ! Elle passe la porte derrière laquelle elle surveillait son précieux poussin et, fièrement, vient installer sur la table devant lui tout un plateau de pain, viennoiseries, fruits frais découpés et autres nourritures qu'elle estime indispensables pour le repas le plus important de la journée. Et puis, comme c'est bientôt les fêtes, elle a ajouté un mignon petit bonhomme en pain d'épices qu'elle a trouvé hier au marché de Noël où elle s'est rendue avec son amie Renée. D'ailleurs, Edmée, Renée, Renée, Edmée… les gens les confondent toujours. Mais peu importe. Pour l'heure, ce qui compte, c'est que son Sylvère ait tout ce qu'il faut pour petit-déjeuner.

— Merci, Tata Edmée, mais c'est beaucoup trop copieux ! la gronde justement ce dernier, comme chaque matin.

— Mangez ! Mangez, monsieur Sylvère... Moi, je file au marché. Poulet basquaise, ça vous convient pour ce midi ?

— Ce sera parfait, Tata Edmée. Mais préparez pour deux : vous me ferez le plaisir d'en emporter ce soir pour votre dîner !

— C'est très gentil, monsieur Sylvère.

— Au fait, avez-vous donné hier le *Tupperware* à ce SDF qui dormait en face ?

— Oui, monsieur Sylvère. Il vous remercie et...

— Je ne fais pas ça pour ça ! tranche-t-il un peu sèchement.

Edmée acquiesce, poliment. Elle a appris, depuis toutes ces années, à ne pas contredire ou contrarier Monsieur Sylvère dont elle n'est ni la tante, ni même de sa famille. Juste sa gouvernante. Le surnom affectueux de Tata date de l'époque où il n'était encore qu'un jeune adulte et qu'elle l'a pris sous son aile contre un salaire conséquent sur lequel elle ne crache évidemment pas. Elle aurait dû partir à la retraite il y a des années, mais elle ne s'y résout pas, bien qu'elle soit entrée dans sa soixante et onzième année le mois dernier : un vrai cliché de la domestique attachée à son riche patron comme s'il était son propre fils !

— Vous pouvez disposer, Tata Edmée, souffle-t-il en plongeant la main dans le plateau de victuailles, et transmettez mes amitiés à votre Renée !

Une fois seul, Sylvère écoute son répondeur entre deux bouchées et constate, mi-figue mi-raisin, qu'il va devoir la jouer fine avec la nana qui l'a alpagué hier lorsqu'il a livré le petit paquet : elle lui a laissé un message. Il n'arrive même pas à savoir si ça prend la tournure qu'il souhaitait ou non... Mais pour commencer, il va devoir appeler Ricardo, ce qu'il va faire séance tenante. Il enfourne le reste du pain aux raisins qu'il avait entamé, trempe ses lèvres dans son thé noir sans lait ni sucre, mais trop chaud, et attrape sa canne posée contre la table pour se lever : il doit ménager sa jambe, la journée promet d'être longue. Il jette un œil par le judas : rien à signaler ! Calant la porte pour ne pas se retrouver enfermé dehors sur le palier, il grimpe quelques marches de l'escalier, glisse sa main en hauteur dans le recoin de la fenêtre qui donne sur la cour et en extirpe un petit sachet contenant quelques cartes SIM d'avance. Il en sélectionne une au hasard et rentre dans son appartement après avoir remis en place le pochon à l'abri des regards. De toute façon, personne ne vient s'amuser à laisser traîner ses doigts dans ce genre d'endroit, d'autant que les voisins sont soit extrêmement âgés, soit en villégiature Dieu seul sait où quelque part dans le Monde où il ne fait pas une température inférieure à zéro degré le matin en cette saison. De retour chez lui, il procède à l'échange et compose le numéro pour joindre Ricardo :

— Yes, je t'écoute, vieux ! l'accueille celui-ci, rendant toute présentation inutile.

C'est l'idée même de ce petit stock de cartes SIM bien spécifiques qu'il garde en lieu sûr : Ricardo connaît immédiatement l'identité de la personne qui le contacte.

— J'ai besoin de deux choses.

— Vas-y, je note.

Sylvère perçoit derrière son ami le bruit des touches d'un clavier d'ordinateur. Comme d'habitude, l'échange sera le plus bref possible, concis, en termes simples et sans ambiguïté.

— Je prends les devants, au cas où on fouille de trop, pour avoir un bon alibi : tu me mets livreur indépendant, sur n'importe quelle plateforme adéquate, depuis trois semaines environ. Avec, entre autres, plusieurs courses à domicile pour Gaëtan Thouvenin, 38 rue Jouffroy d'Abbans dans le dix-septième, de mémoire. C'est au troisième, je crois. Un duplex, tu vérifies. Peu importe le contenu : bouffe, livres, fleurs, ce que tu veux.

— J'ai toutes tes infos perso, ça va aller vite. Je t'envoie ça dans l'heure, avec le matos et un portable dédié : tu livres à vélo ou voiture ?

— Scoot. Pense au casque. Et mets le scoot en épave depuis deux jours : un refus de priorité. Pas moi, le tiers. Pas de blessé, pas de déplacement des Secours. Pas de constat non plus. À l'amiable.

— Je vois. Et l'autre truc ?

— Il me faut tous les renseignements que tu trouves sur lui, justement, le Gaëtan. Sa couleur de chaussettes préférée, le nom de son doudou et de son instit quand il est parti en classe de neige, son parfum de glace favori, son film fétiche, les prénoms de tous ses petits amis, l'adresse de son dentiste : tout.

— Ça marche, mais pas avant au moins dix-huit heures.

— Non. Midi.

— J'ai un truc sur le feu, là !

— Et moi un rencard avec la sœur de Gaëtan, ce soir.

— Oh !

— Voilà.

— Quatorze heures, je peux pas faire mieux.

— Quatorze heures, je valide.

— Par coursier ?

— Envoie ton fils, je préfère.

— Noté. Rien d'autre ?

— Négatif.

— Reçu.

— Terminé.

Sylvère coupe la communication, extrait immédiatement la carte SIM de son portable et la détruit d'un coup de ciseaux avant d'en jeter les morceaux dans deux poubelles différentes de l'appartement (Tata Edmée les vide quotidiennement avant de partir et les éboueurs passent chaque fin de jour). Cela étant fait, il retourne finir son petit-déjeuner : son thé doit être maintenant à température idéale. Plus qu'à confirmer à l'autre grande bringue leur *date*, et la matinée sera à lui…

★

Lorsqu'il arrive au point de rendez-vous pour rejoindre Bertrande, vers dix-sept heures, Sylvère-Sylvain a parfaitement révisé ses leçons sur Gaëtan, il est incollable. Il a toujours eu une excellente mémoire photographique qui lui a sauvé la mise plusieurs fois. Le tout est de ne pas paraître trop incollable non plus pour ne pas sembler louche, mais ça, il sait faire aussi. Ce qui l'inquiète davantage, c'est si elle commence à flirtouiller… Elle est déjà installée à une table quand il entre dans le salon de thé de l'avenue de la République. Il patiente discrètement jusqu'à ce que sa montre affiche dix-sept heures trois et, bêtement rassuré par ces nombres premiers qu'il affectionne, il accroche son plus beau sourire sur son visage pour la rejoindre. Elle l'accueille avec une poignée de main vigoureuse et un regard carnassier. On dirait qu'elle a faim et qu'il va devoir donner de sa personne, bien qu'asexuel…

Au même instant, devant les Galeries Lafayette du boulevard Hausmann, alors que les enfants s'émerveillent des animations emblématiques des vitrines, un de leurs pères Noël aux mains baladeuses avec les gosses est abordé par *L'ours* qui lui fait un numéro de charme ibérique digne du nom. Ne parvenant aucunement à le séduire, il bat en retraite et, d'un signe de la tête, il donne le feu vert à *Guizmo*. Celle-ci prend le relais immédiatement, s'approchant l'air de rien du vieux quinqua pervers, et se montre particulièrement enjôleuse. Avec un peu de chance, le barbon n'aura pas vu les infos qui mettent en garde, dans la capitale, contre celui qu'ils appellent dorénavant *le psychopathe de l'avent*.

Ce soir, un autre pédophile participera à la Cérémonie, de gré ou de force…

CHAPITRE 13

(Le lendemain, 10 décembre)

Après avoir préparé le repas de midi de son cher Sylvère — une lotte à l'armoricaine mitonnée avec tendresse —, Edmée s'empresse de ranger et nettoyer la cuisine. Puis elle file dans la buanderie pour s'occuper du linge : elle aimerait terminer cette tâche au plus vite, car elle a un rendez-vous qu'elle ne manquerait pour rien au monde ! D'ailleurs, elle va certainement rester un petit moment dans la salle d'eau du rez-de-chaussée du duplex de monsieur Sylvère pour donner un peu d'ordre à son apparence et peut-être même se maquiller légèrement. Renée lui a conseillé un nouveau crayon à sourcils l'autre jour et elle va le tester. Non pas qu'elle soit plus coquette que cela, mais elle tient à marquer le coup...

Elle vide une machine, en lance une seconde avec les vêtements de monsieur Théodore et la couverture de sa chienne Yoko, prépare un sèche-linge qui démarrera dans trois heures (et sera fini pile pour son retour), plie ce qui attendait sagement dans un panier et branche le fer pour les quelques bricoles à repasser. Tout en s'appliquant à rendre lisse le col d'une chemise de monsieur Sylvère, Edmée fredonne. Elle ne sort pas souvent, c'est vrai, bien qu'elle aime particulièrement les expos et les musées. La dernière fois, c'était un dimanche, au musée Carnavalet avec Renée il y a plusieurs mois ! Aujourd'hui, il lui tarde de rejoindre monsieur Sylvère et son amie aux *Deux Plateaux* pour déambuler avec eux entre les colonnes de marbre ! Il lui a proposé de les retrouver là-bas vers quatorze heures quarante-cinq. L'œuvre en question a longtemps fait polémique et elle est bien curieuse de savoir ce que va en penser cette jeune personne qui tourne autour de son Sylvère !

Ah, non. Sylvain !

Elle doit l'appeler Sylvain, devant cette Bertrande. Elle se le répète comme un mantra, tandis que le fer passe et repasse : Sylvain, Sylvain, Sylvain… Monsieur Sylvain ! Ça va bien finir par pénétrer sa vieille caboche ! Pourvu que ce ne soit pas un rendez-vous galant et qu'elle débarque là-dedans de la même manière qu'un chien dans un jeu de quilles ! Elle ne voudrait pas non plus devoir tenir la chandelle… Elle sourit : son Sylvère-Sylvain n'a jamais ramené de femmes. Ni d'hommes, d'ailleurs. Et il découche extrêmement rarement. Bertrande doit être une simple amie. Et puis, qui inviterait sa vieille gouvernante à un rendez-vous galant ? Elle se rabroue : quoi qu'il en soit, elle ne s'imposera pas longtemps, la jeunesse n'a pas besoin d'une ancêtre comme elle pour chaperon !

★

Alors qu'elle change de métro à Charles de Gaulle-Étoile et qu'elle rejoint le quai de la ligne 1, Edmée remarque une effervescence inhabituelle à cette heure, tant chez les usagers que les forces de l'ordre qui patrouillent de manière appuyée, contrôlant même les sacs à dos et autres bagages encombrants. Le pays est en ébullition, avec cette histoire de *psychopathe de l'avent*… Par-devers elle, elle sourit. Elle n'y connaît trop rien aux hashtags et tous ces trucs modernes, Edmée, mais ce qu'elle sait c'est que tous les médias s'en donnent à cœur joie : elle a entendu dire que sur les réseaux, les gens s'enflamment et balancent à tour de bras des posts dénonçant des actes pédophiles qu'ils ont subis, avec un « hashtag merci au psychopathe de l'avent ». Edmée ignore comment ça fonctionne et même comment ça s'écrit, tout ça, sur internet, et ça n'est pas son affaire. Tout ce qui l'intéresse, c'est de constater que tout le monde en parle… et que, de toute évidence, l'étau se resserre autour de ces enfoirés qui tripotent — ou pire encore — les gosses !

S'installant dans la rame qui va la conduire à la station Palais-Royal, pressant son sac à main contre elle, elle serre également les dents : un enfant sur cinq est victime de violences sexuelles en Europe. Un sur cinq ! Ces branquignols de pères Noël pervers n'ont que ce qu'ils méritent, mais ne sont qu'une part infime des agresseurs… Elle frémit à cette idée et, elle aussi, remercie *le psychopathe de l'avent*, même sans hashtag ! Elle n'est pas *Tata Dildo* pour rien ! Ah mais !

Arrivée dans la cour d'honneur du Palais, Edmée reconnaît sans peine son Sylvère. (Sylvain ! C'est Sylvain, cet après-midi. Elle se l'est suffisamment répété…) Il est en pleine discussion avec cette grande jeune femme — à qui elle donne, à vue de nez, une quarantaine d'années — près de la colonne centrale. Elle s'approche, d'un pas vif, et il la repère quelques mètres avant qu'elle ne les aborde :

— Ah ! Voici Tata Edmée ! la salue-t-il, tout sourire, appuyé sur sa canne.

— Monsieur Sylvain… réplique-t-elle, un peu intimidée malgré tout, ne sachant trop quoi dire.

— Bertrande, fait-il en se tournant vers la brune charpentée qui se tient près de lui et le dévore des yeux, permettez-moi de vous présenter cette grande dame, qui compte beaucoup pour moi au quotidien !

Elles se serrent la main, poliment.

— Je ne suis pas bien grande en taille, toutefois ! s'autorise à plaisanter Edmée.

— Ce n'est pas la taille qui compte… affirme Bertrande, réalisant un peu tard que ses mots ont dépassé sa pensée.

— Vraiment ? se renseigne Sylvère, taquin, la faisant rougir davantage.

Tata Edmée retient un rire.

— C'est tout moi ! Une gaffe d'entrée de jeu, toujours ! reprend Bertrande, se ressaisissant.

— Avez-vous eu le temps de découvrir l'ensemble du site ?

— Je connaissais ! De nom… et en photo. Je n'étais jamais venue, cela dit.

— Et qu'en pensez-vous ? insiste Edmée, guettant sa réaction.

Sylvère-Sylvain reste volontairement en retrait, spectateur amusé de leur échange.

— Je n'ai jamais trouvé ça d'un esthétisme extraordinaire, pour tout vous dire : des verrues au milieu de ces magnifiques bâtiments !

— Vous êtes de ceux qui ont poussé des cris d'orfraie à l'époque, comme pour les deux pyramides du Louvre, l'Arche de La Défense, la Bibliothèque de France et l'Opéra Bastille ?

— Des cris d'orfraie, je n'irais pas jusque-là… D'autant que j'ai grandi avec, en quelque sorte. Et votre Sylvain m'a parfaitement bien exposé l'œuvre, le lieu, l'artiste, le contexte…

— Je vois. Mais tout ceci, ma chère Bertrande, ce n'est que de la science. Moi, je vous parle de ressenti… De perception !

— Alors, disons que je ne suis pas insensible au concept, maintenant que j'en connais les tenants et les aboutissants : je visualise autre chose que des morceaux de colonnes tronquées placés là aléatoirement, sans logique… Et j'en discerne même la poésie et l'écho, avec les deux niveaux historiques rendus visibles !

Edmée la jauge, un instant, malgré ses deux têtes de moins.

— Parfait ! conclut-elle finalement. En ce cas, allons boire un thé tous ensemble, il fait un froid de gueux !

Tandis que le trio se dirige vers la rue de Rivoli, en devisant, Théodore et Yoko s'apprêtent quant à eux à quitter l'immeuble pour se dégourdir un peu. Emmitouflé dans le vieux loden de Sylvère, un cache-nez lui couvrant la moitié du visage, le quadragénaire, pousse la porte cochère et aperçoit, sur l'autre trottoir, cette même silhouette fluette aux cheveux blonds surmontés d'un bonnet noir qu'il a remarquée plusieurs fois, en sortant Yoko. En plus, depuis la petite fenêtre de la chambre de bonne, là-haut sous les toits, il l'a également déjà vue suivre monsieur Kancel…

— Vraiment pas discret, le mec… bougonne-t-il. Et pas très doué non plus, si tu veux mon avis ! ajoute-t-il à l'intention de sa chienne, qui renifle le pied d'un lampadaire. On devrait peut-être aller lui dire qu'il se pèle les couilles pour rien : il a loupé sa cible !

Tandis que Yoko baguenaude sur les trottoirs du quartier des Batignolles, traînant son maître derrière elle, *Baguette* leur emboîte le pas, espérant ne pas se faire remarquer.

CHAPITRE 8

(Paris, 6 décembre)

Hier soir, Bertrande s'est fait couler un bain, une fois n'est pas coutume. Elle ne cessait de penser à Sylvain qui a beau lui avoir tapé dans l'œil (avait-il remarqué son regard brûlant sur ses lèvres sensuelles, d'ailleurs ?), elle ne lui accorderait pas le bon Dieu sans confession et elle devra vérifier toutes les informations qu'il lui a données : elle appellera Jean-Daniel. Il faudra aussi qu'elle aille à la morgue, sans oublier également de régler les derniers détails avec les pompes funèbres, ce qui ne l'enchante guère... Mais comme pour l'heure elle n'aspirait qu'à se détendre, elle a décidé qu'elle se coucherait tôt et que le reste attendrait. Elle a alors attrapé ses écouteurs intra-auriculaires et son MP3 pour se mettre sa playlist favorite, mélange de classique baroque et de musiques du Monde, avant de se déshabiller et d'entrer dans la baignoire, qui embaumait les huiles essentielles. Une douce rêverie l'a emportée sur une île paradisiaque, où les autochtones vivaient nus. Sylvain et elle s'y promenaient, main dans la main, dans le plus simple appareil...

À 7 h 30 ce matin, la détective est fraîche et dispose. Elle revêt l'un de ses jeans favoris et un pull à col roulé, avant de s'attabler devant son bol de café, agrémenté de quelques tartines. Comme elle consulte machinalement sa messagerie, elle pousse un juron, en lisant le SMS de David : « Le père Noël numéro 4 a été découvert dans un entrepôt de Gennevilliers… ainsi que son pénis, livré chez son fils aîné, dans une petite boîte festive. Toujours aucune piste, je te tiens au courant ».

Il est grand temps pour elle de contacter son amie Julie, à la morgue. Toutes deux se sont toujours bien entendues, même si elles se voient moins souvent qu'avant. La jeune femme est matinale et lui sera sans doute d'une aide précieuse. Celle-ci décroche aussitôt.

— Salut, Bertrande ! Ça fait un bail que tu ne m'as pas appelée. Je parie que tu voudrais des détails sur les derniers meurtres, dont la presse s'est emparée. À ce propos, je te présente toutes mes condoléances.

— Merci, c'est gentil ! Je peux passer vers 10 h ?

— Tu sais bien que je ne peux rien te refuser. On déjeune ensemble à midi ?

— Ça marche. À tout'.

Elle raccroche et fait défiler son répertoire. Voilà, elle a trouvé. Elle patiente une dizaine de sonneries. Pas de réponse. C'est bizarre que Jean-Daniel ait éteint son portable, pour un gars dans l'événementiel… Perplexe et presque inquiète, elle se dit qu'elle réessaiera un peu plus tard…

— Me reste plus qu'à passer aux pompes funèbres, murmure-t-elle, désireuse de se débarrasser de cette corvée.

Elle n'oublie pas le paquet qu'elle a préparé, avec le costume, la chemise et la cravate pour revêtir son frère, et descend les escaliers.

Une demi-heure plus tard, elle est face à la devanture et en pousse la porte. Une jeune femme avenante, la même qui l'a déjà accueillie la première fois, la fait patienter. Son collègue va la recevoir pour les derniers détails. Celui-ci la fait entrer peu après dans son bureau et lui propose un café, qu'elle ne refuse pas, puis elle lui tend le sac de vêtements qu'elle a apporté.

— Merci. Je vois que vous avez déjà opté pour le modèle du cercueil et qu'il n'y aura pas de cérémonie religieuse. Il ne vous reste plus qu'à choisir les faire-part et les différents lieux où devra être publié son avis de décès.

Elle s'acquitte de cette tâche rapidement et s'empresse de sortir, en songeant qu'elle va devoir aller vider l'appartement de Gaëtan… Elle s'en chargera demain, avec l'aide de Paul, s'il veut bien. Elle lui envoie aussitôt un message dans ce sens, lui promettant de lui payer le resto. Celui-ci lui répond deux minutes plus tard : « Bien sûr, je ne te laisserai pas seule. Mais j'ai un shooting en extérieur dans l'après-midi. On se retrouve chez lui, demain matin, à neuf heures ? ». Elle lui renvoie un smiley, précédé de « O.K., merci beaucoup. »

L'ancienne policière doit maintenant emprunter le métro pour se rendre à l'institut médico-légal, situé place Mazas, le long du quai de la Rapée, dans le 12 e arrondissement. Elle avise quelques SDF dans les couloirs où un air tiède diffusé par des bouches d'aération transporte des relents nauséabonds. Malgré La compassion qu'elle éprouve pour ces malheureux, elle passe son chemin : elle évite de leur donner de l'argent, mais quand elle le peut, elle leur achète un sandwich. Un musicien qui chante Brel la fait s'arrêter un instant, car il interprète « Les Vieux Amants », une chanson qu'elle aime beaucoup. Une fois dans la rame, elle ferme les yeux et s'isole dans sa bulle. Des images de son enfance avec son frère remontent à la surface, quand leurs parents étaient encore vivants. Un sourire s'étire sur ses lèvres : ils formaient une famille unie.

Elle gagne la place et entre dans l'IML. À peine en a-t-elle franchi le seuil qu'elle aperçoit la silhouette de la petite brune qu'elle connaît bien. Revêtue d'une blouse, celle-ci s'avance vers elle et lui fait la bise, avant de l'entraîner vers le vestiaire. Lorsque Bertrande l'a connue, elle n'était qu'assistante stagiaire après six années de médecine, mais elle a validé sa spécialisation, et c'est elle qui, maintenant, a droit à un assistant.

— Tu vas être contente, le quatrième corps nous a été livré ce matin. J'ai déjà effectué l'examen externe, radios et prélèvements divers, et consigné mes premières observations, mais je t'ai attendue pour ouvrir.

— Super ! J'ai hâte de voir ça.

Tout en revêtant une blouse, une charlotte et des surchaussures, Bertrande l'interroge.

— Alors ? Ils sont morts comment ? Tu as constaté des trucs particuliers ? Des similitudes, à part le fait qu'ils étaient affublés d'une barbe de père Noël avec une mise en scène festive ?

Devant ce feu roulant de questions, Julie sourit. Elle lui tend un masque chirurgical et un petit pot de baume à la menthe. Son amie s'empresse d'en mettre une noisette sous son nez : elle en a déjà testé l'efficacité contre les odeurs de charogne, lors des précédentes autopsies ; puis elle attrape le lourd tablier pendu à une patère et le passe par-dessus sa blouse.

— Toujours aussi impatiente ! Je vais te donner une copie de mes trois premiers rapports, ainsi tu auras tous les détails. Mais c'est bien parce que c'est toi et que ton frère est une des victimes. Pour les similitudes, comme tu dois déjà le savoir, je suppose, ce sont tous des hommes, amputés de leur pénis, alors qu'ils étaient sous l'effet d'un puissant tranquillisant : j'ai relevé des traces de piqûre dans le cou et la présence de benzodiazépines à haute dose. Ils n'ont donc rien senti, je te rassure.

La sœur de Gaëtan hoche la tête et reprend :

— Quel âge a le dernier ?

— Il a la cinquantaine. Les victimes ont de quarante à soixante ans. Vu cette amplitude, on peut en déduire que leur âge n'est pas forcément un critère déterminant pour le tueur. Leur apparence physique ne l'est pas non plus, bien qu'ils soient tous de type caucasien, puisque la couleur de leurs cheveux et de leurs yeux varie. Les lieux où ils ont décédé n'ont rien à voir entre eux, a priori. Quant à la cause de la mort, c'est une hémorragie, suite à l'ablation du pénis. À vérifier pour le dernier cependant. En revanche, tu vas lire dans mes rapports que j'ai trouvé les mêmes fibres synthétiques sous leurs ongles, comme celles des barbes des pères Noël justement. Suis-moi.

La légiste conduit son amie dans une salle carrelée du sol au plafond, où la température est de dix-sept degrés, mais Bertrande a mis un pull chaud, en prévision. Un cadavre gît sur une table, recouvert d'un drap.

— Je te remontre les deux autres, avant de m'attaquer à celui-là ? Ils sont au frigo.

La grande femme secoue la tête négativement.

— Tes rapports me suffiront.

— Alors procédons, dit Julie en enfilant ses gants en latex. Elle appuie sur le bouton de son dictaphone et annonce le matricule de la dépouille. À côté d'elle, se trouve un plateau à roulettes avec de multiples instruments, dont une scie à os, des scalpels plus longs que ceux d'un chirurgien, une quantité impressionnante de ciseaux, des cisailles à côtes et des pinces dentelées.

Julie s'empare de la scie sternale pour ouvrir la cage thoracique. Elle examine alors minutieusement le cœur et les poumons et enregistre ses commentaires.

— Celui-là n'était pas loin du cancer du poumon, fait-elle remarquer.

Puis elle retire chacun des organes et les pèse. Elle s'attaque ensuite à l'abdomen. Après avoir observé la rate, le foie, les reins et les intestins, elle réitère la même opération, sous le regard à peine dégoûté de son amie.

— Je les examinerai cet après-midi. Occupons-nous maintenant de la région cervicale.

De nouveau, elle s'empare d'une scie et découpe la calotte crânienne.

— Et voilà le cerveau de notre homme.

Quand elle l'a extirpé du crâne, elle le place sur la balance.

— 1,298 kg. Quasiment dans la moyenne, qui est de 1,3 kg, soit 2 % du corps humain. Et pourtant, malgré sa petite taille, notre cerveau contient 86 milliards de neurones, tu imagines ?

— En effet, c'est fascinant…

Au moment où Bertrande prononce ces paroles, son estomac produit un gargouillis. Julie consulte l'horloge murale.

— Oh ! Il est déjà midi et demi. Allez, on fait une pause pour déjeuner. Je suis impressionnée par ta résistance.

— Et moi, par ton enthousiasme, réplique l'ancienne flic. Des sushis, ça te dit ?

— Avec plaisir, tu connais mes goûts.

Julie a détaché ses longs cheveux d'un noir de jais. C'est une jolie femme aux grands yeux noirs en amande, qui a un faible pour la gent féminine. Mais

Bertrande lui a fait comprendre qu'elle n'était pas intéressée.

— Alors, toujours célibataire ? l'interroge la légiste.

— Toujours, ce qui ne m'empêche pas d'avoir des amants, quand j'en ai envie. Et toi ? Où en es-tu ?

— Je fréquente une avocate, mais nous ne vivons pas ensemble.

— C'est un bon compromis, approuve Bertrande.

Vers 14 h, elles sont de retour à l'IML.

— Je suppose que tu n'as pas envie d'assister à l'examen des viscères ?

— Tu supposes bien. Mais j'attends tes conclusions.

— Tu les auras demain.

— Tu es la meilleure, merci encore, dit Bertrande en lui faisant une bise sur les deux joues.

Elle lui fait un dernier signe avant de s'éloigner et tente alors de rappeler Jean-Daniel. Cette fois, elle tombe sur son répondeur et s'inquiète réellement. Et s'il était le prochain ? Elle décide de se rendre à son bureau, en espérant l'y trouver, ou du moins s'assurer qu'il va bien.

Vingt minutes plus tard, elle est devant sa secrétaire, qui était aussi celle de Gaëtan. Rosaline la reconnaît et lui présente ses condoléances.

— Monsieur Gaëtan va nous manquer à tous, larmoie-t-elle.

— Oui, c'est sûr. Dites, Jean-Daniel est-il là ?

— Non, il est parti en rendez-vous ce matin, mais il ne devrait pas tarder. Je peux prendre un message ?

— Oui. J'ai tenté de le joindre, mais je suis tombée sur son répondeur. Dites-lui de me rappeler, c'est urgent. Le rendez-vous, vous savez avec qui ?

— Non, ce n'était pas dans son agenda. Il m'a juste prévenue qu'il ne pourrait pas venir avant cet après-midi.

— Merci. À plus tard.

Une fois dehors, elle écoute sa messagerie pro. Rien. Elle se résout alors à se rendre chez son frère pour commencer à emballer ses affaires. Ses ex-collègues de la scientifique et les autres en ont terminé et elle s'autorise à briser les scellés.

Sur son bureau, un cadre le représente, petit garçon, avec leurs parents et elle. Elle possède le même cliché. Instant nostalgie… Malgré ce qu'en disent les médias, elle ne peut pas imaginer que son frère ait été tué parce que c'est un pédophile. D'ailleurs, il n'aimait pas les enfants, trop bruyants, raison pour laquelle il ne voulait pas se marier… Mais le connaissait-elle si bien que ça ?

Ensuite elle examine les lieux : la Police a emporté son téléphone portable, son ordinateur et tous les papiers d'importance, semble-t-il. Il faudra qu'elle demande à ses collègues s'ils ont déniché des indices. Sur les étagères de sa bibliothèque se trouvent quelques photos de lui, avec différentes célébrités. Elle les met de côté. Elle s'intéresse ensuite aux livres que possédait son frère : des thrillers, principalement, quelques biographies. De l'une d'elles dépasse un papier avec un numéro de téléphone qu'elle met dans sa poche de pantalon.

Dans le coin cuisine, elle ouvre les placards et trouve des sacs poubelle, dans lesquels elle met de côté les provisions comestibles. Elle y vide aussi le contenu du frigo, qu'elle éteint et nettoie. Il faudra qu'elle apporte des cartons et du papier journal, demain, pour emballer la vaisselle, qu'elle empile sur la table. Pour les meubles, elle fera appel à Emmaüs. Enfin, elle se rend dans la chambre. Son dressing est impressionnant. Elle se dit que Paul sera peut-être intéressé par certaines vestes, chemises et pulls. Elle attrape une écharpe, c'est celle qu'elle lui a offerte à son dernier anniversaire. Elle sent encore son parfum, aux fragrances boisées. C'est un moment douloureux, renforcé par la vue de traînées rouges, qui s'étalent sur le lit *king size*, théâtre du crime, entouré de guirlandes. À ce moment-là, une bouffée d'émotion la saisit et elle s'autorise à laisser couler ses pleurs.

La nuit tombe quand elle ressort de chez lui. Les lumières de Paris ne chassent pas sa tristesse. Après-demain, elle dira définitivement adieu à Gaëtan et elle reverra Sylvain à l'enterrement, le matin. Il lui a promis de l'emmener visiter une galerie d'art pour lui changer les idées, l'après-midi.

Elle est en train de se préparer des pâtes quand elle pense soudain que Jean-Daniel ne l'a toujours pas rappelée. Elle vérifie sur son portable. Elle a bien un message, mais il est de David : « Nous avons une cinquième victime, trouvée dans une chambre d'hôtel aux alentours des Galeries Lafayette, même mise en scène ».

— Encore une ! s'exclame-t-elle. Et si c'était Jean-Daniel ?

CHAPITRE 23

(Le lendemain, 23 décembre)

Dans la foule vendômoise qui se presse sur le carrelage de la boutique du fleuriste de l'avenue Gérard Yvon, Tata Edmée attend son tour pour être servie : elle a repéré un magnifique cactus de Noël qu'elle souhaiterait offrir à son hôte pour la remercier de son accueil chaleureux. En cette avant-veille de Noël, c'est un peu le rush dans les commerces, malgré la météo détestable, et elle ne remarque pas immédiatement l'individu qui cherche à accrocher son regard. C'est qu'elle a plein de choses en tête, à commencer par l'organisation de son retour sur Paris en train, avec des TGV bondés maintenant que les vacances scolaires ont débuté avec, comme tous les ans ou presque, les grèves des cheminots…

L'homme hésite, dansant presque d'un pied sur l'autre : peut-être ferait-il mieux de se comporter comme s'il ne l'avait pas vue ? Ou bien c'est elle qui, précisément, fait semblant de ne pas l'avoir vu ?

Enfin leurs yeux se croisent. Tata Edmée le remet immédiatement et s'efforce de paraître la plus neutre possible avant de savoir si lui-même la saluera. Ce qu'il fait, d'un léger mouvement de tête poli, qu'elle lui rend. À voir sa mine, il apparaît qu'il a envie de lui parler… *Allons bon, Edmée, te voilà dans de beaux draps !* se dit-elle. *Les gens sont tout de même curieux : d'abord on saigne un pervers ensemble et ça cherche à sympathiser ensuite…* À moins qu'elle se méprenne et que son ambition soit plus fourbe : les faire chanter ? Enfin, quelque chose de cet acabit… Avant-hier, lors du court séjour de *Diabolo* et son complice *Le robot* dans la vallée du Loir, ce bonhomme-là ne lui a pas paru perfide ou malintentionné à leur égard, mais elle n'est pas dans sa tête !

D'un signe, il lui fait comprendre qu'il patiente dehors. Hum ! Doit-elle profiter de son temps d'attente pour envoyer un message à Sylvère, au cas ça tourne mal ?

Dans la poche de sa parka, sa main se resserre sur son Opinel : ça ira ! Tout ira bien… Et puis, il y a du mouvement, sur l'avenue, il ne va quand même pas la kidnapper en pleine journée ! D'autant qu'il y a quelques patrouilles qui circulent : le corps de ce rebut de Franck Gaisne a été découvert hier matin, au parc Ronsard comme annoncé, avec le bonnet en guirlande en guise de cache-sexe (les bonnets de père Noël plus classiques sont maintenant vendus sur présentation de pièce d'identité pour fichage…) et une bonne centaine de boules de toutes sortes ! Entre celles que l'équipe avait prévues et celles du type, ça a fait une mise en scène digne d'un Noël à l'américaine, les lumières en moins. Le pénis de ce porc, sectionné, avait simplement été pendu à une grille à proximité. Depuis, la ville est en émoi : « On ne se serait jamais douté... » et autres « Il avait l'air si gentil ! » résonnent dans les conversations de comptoir...

Lorsqu'elle sort à son tour, une dizaine de minutes plus tard, avec son cactus dans les bras, l'homme est là, son bouquet à la main. Il lui adresse un sourire affable qui la rassure à peine.

— Vous souhaitiez quelque chose en particulier ? lui demande-t-elle d'emblée, tendue, d'un ton peut-être un peu brusque.

— Disons que... souffle-t-il, l'air perdu. Disons que *ça* crée des liens...

Circonspecte, elle l'interroge du regard. Il reprend :

— Je n'ai pas pour hobby habituel de... enfin, vous voyez !

Edmée hoche la tête, en signe d'assentiment. Que peut-elle faire d'autre...

— C'est... poursuit son interlocuteur, laissant toutefois sa phrase en suspens.

Allons bon, Edmée ! se dit-elle de nouveau. *Tu vas maintenant devoir remonter le moral de l'assassin !* Encore que, techniquement, c'est son poussin adoré, qui a injecté le produit. Mais ne chipotons pas !

— Vous auriez un moment pour un café, jeune homme ? lui propose-t-elle, avec un sourire engageant.

Le duo improbable s'installe à une table d'un salon de thé tout proche, avec leur plateau. Ils discutent d'abord cinq minutes de la pluie et du beau temps, comme deux vieux amis, avant que, subitement, il énonce :

— Je ne me suis pas présenté : Ludolphe, mais tout le monde m'appelle Lulu…

Edmée glisse ses mains autour de sa tasse et se mord l'intérieur de la joue, hésitant à communiquer son prénom. Elle n'habite pas la région, certes, mais elle a donné son identité, pour retenir ses billets de train ! Et si jamais un jour, quelqu'un — et par quelqu'un, elle entend bien « la police », oui… — remontait les infos jusqu'à elle ?

Oh ! Et puis merde ! tranche-t-elle mentalement. *Même si j'ai eu un doute, en le voyant dans cette boutique de fleurs, ce Lulu a l'air tout ce qu'il a de plus honnête.* Enfin, sa participation à la cérémonie de l'autre soir mise à part, encore que sur ce sujet, Edmée soit plus réservée quant à la notion de bien et de mal puisqu'il s'agissait de châtier un pédophile violeur… Mais elle sent qu'elle peut lui faire confiance, et son instinct la trompe rarement !

— Edmée ! fait-elle en lui tendant officiellement la main par-dessus leurs cafés.

Lulu la serre et sourit :

— J'ai entendu vos gars vous appeler *Tata Dildo*… Ce n'est pas vraiment votre patronyme, n'est-ce pas ?

Un léger rictus soulève le coin des lèvres de la septuagénaire.

— C'est une longue histoire, Lulu, vous savez ! Mais c'est bien mon pseudonyme, dans l'équipe ! Pour tout vous dire, mon cher, ça vient du fait que j'affectionne particulièrement les cactus, et il se trouve que c'est le terme anglo-saxon pour en désigner la plupart.

Lulu acquiesce, un peu déçu semble-t-il par l'explication.

— Toutefois, reprend-elle ravie de son effet, je ne vous cache pas que l'homonymie du mot nous amuse beaucoup ! Mes gars, comme vous dites, ont quant à eux tous choisi des surnoms liés à leur histoire personnelle qui a mené notre petit groupe à se former, et ce dans un but bien précis, celui que vous connaissez…

— Noble dessein, murmure Lulu.

— Je me plais à le penser aussi. Toutefois, nous avons dû nous montrer bien plus prudents, au fil des semaines…

— Je suis impressionné par votre… croisade, madame !

Elle secoue la main, en un geste qui cherche à éluder :

— Edmée… Appelez-moi Edmée, je vous en prie.

Lulu opine du chef, satisfait de la tournure que prend la conversation. Il se sent bien soulagé, d'avoir là une alliée. C'est une bénédiction, finalement, qu'ils soient arrivés chez Franck presque en même temps que lui l'autre soir ! Il est, comme eux, convaincu que ces sales pédophiles ne méritent rien de mieux, d'autant que la justice ne fait pas son boulot assez vite ni assez bien. Défendre et venger ces gosses, ça lui semble parfaitement juste !

— À vous trois, poursuit-il, vous avez déjà bien travaillé si, comme je le comprends, vous êtes à l'origine du mouvement qui a pris une ampleur internationale !

— Sept, corrige-t-elle. Nous sommes sept. Vous avez rencontré Sylvère, dit *Diabolo*, riche philanthrope un peu touche-à-tout, et Ricardo, dit *Le robot*, expert informatique free-lance. Nous avons également Benoît, dit *L'ours*, artisan chauffagiste ; Isabella, qu'on appelle *Guizmo* et qui enseigne en maternelle ; Laetitia ou *Kiki*, gradée dans la police, ce qui nous a permis de ne pas avancer à l'aveuglette en bien des occasions ; et enfin Félixine, dite *Dr Maboul*, psychiatre et sœur de Sylvère. C'est elle qui fournit les produits que vous avez aperçus… et parfois, les noms des pervers que ses patients lui dénoncent. Laëtitia aussi, d'ailleurs, nous en a donné une bonne partie, tout comme Ricardo qui en a débusqué pas mal avec les vidéos de surveillance des centres commerciaux qu'il avait piratées. Quant à moi, je coordonne du mieux que je peux tout ce petit monde.

— Très impressionnant. Mais, si je puis me permettre, pourquoi avoir commencé avec des pères Noël ? C'est bien comme cela, n'est-ce pas ?

Edmée porte délicatement sa tasse à ses lèvres et prend une première gorgée. Comment est-elle censée répondre à cette question ? Elle trouve qu'elle a déjà été très loquace. Avec ses compagnons de Catharsis, ils se sont confiés les uns aux autres lors des prémices du groupe et elle n'a pas envie d'exposer davantage leurs secrets intimes… Chacun d'entre eux (ou presque) a vécu une expérience traumatisante de pédophilie avec un père Noël, précisément. Tous ont opté, en choisissant leur surnom, pour un jouet ou un jeu qu'ils avaient demandés l'année où c'est arrivé et dont ils gardent un souvenir hélas tristement impérissable. Seul son cher Sylvère a, lui, intégré le groupe par solidarité avec sa sœur. Il est très impliqué et aime profondément Félixine... D'ailleurs, s'il boite, c'est aussi lié à cette terrible histoire : en voulant la sauver d'une tentative de suicide par noyade (car elle ne surmontait pas ce qui lui était arrivé des années plus tôt dans les sales pattes de ce père Noël écœurant), c'est lui qui a failli y rester. Ayant manqué d'oxygène trop longtemps, et malgré la rééducation, sa jambe gauche n'a jamais refonctionné correctement... Et s'ils se sont tous rencontrés, c'est de fil en aiguille, en quelque sorte : l'un connaissant untel qui avait vécu une mauvaise expérience, le prochain était ami avec l'autre tel qui lui avait raconté la même chose, etc. !

— Le projet s'est monté un peu comme ça, vous savez... répond-elle finalement, restant évasive. On arrivait sur l'avent, donc... voilà.

Devant la bouille désappointée de Lulu, elle se penche légèrement vers lui et chuchote, le fixant droit dans les yeux :

— Je ne peux vraiment pas vous en dire davantage, jeune homme, sans quoi je serais obligée de vous tuer...

Le ton est si calme et posé que, l'espace d'une seconde, Lulu sent un truc froid lui descendre dans le dos tandis qu'Edmée prend une nouvelle gorgée de café, avant de reposer la tasse d'un geste soigné, sans l'avoir lâché des yeux. Il déglutit, troublé. Flippante, la vieille ! Elle lui adresse néanmoins un très furtif clin d'œil. Ou est-ce son imagination qui lui joue des tours ?

Ils se quittent quelques minutes plus tard, alors que le salon de thé s'emplit déjà pour l'heure du déjeuner et que le brouhaha commence à devenir désagréable. Ils se serrent de nouveau la main et reprennent leurs véhicules, stationnés non loin.

Lulu, conduisant en direction du lycée où il doit récupérer un de ses ados, ne sait pas trop s'il se sent mieux maintenant qu'avant cette entrevue fortuite. Cette bonne femme a quand même un sacré tempérament, et il est tout… tourneboulé ! Peut-être qu'il devrait se renseigner davantage sur elle et sa drôle d'équipe ? Histoire d'assurer ses arrières s'ils venaient à lui jouer un tour pendable…

Tata Edmée, quant à elle, en route pour le Saint-Georges où elle doit déjeuner avec un ami de longue date, note dans un coin de sa tête qu'elle doit demander à Ricardo de garder ce Lulu à l'œil… Il semble bien gentil et loyal, et qui sait s'ils ne pourraient avoir besoin de lui, plus tard ?

CHAPITRE 18

(Deux jours plus tard, 17 décembre)

Bertrande a mis son réveil tôt. Elle a une multitude de choses à faire aujourd'hui, à commencer par les achats pour sa famille… Le truc qui ne la fait pas du tout délirer, la corvée, quoi ! Et puis elle a rendez-vous en début d'après-midi avec Marielle Seychan. Elle a du lourd à lui balancer ! Avec l'aide d'un ami hackeur, elle a pu pénétrer dans l'ordinateur de son mari et dégoté un fichier explosif ! Devant son café qu'elle savoure à petites gorgées, elle regarde la revue de presse sur le net. Les journalistes continuent à faire chou-gras des meurtres des pseudo pères Noël et autres pédophiles. Elle a presque terminé quand le jingle de son téléphone l'avertit d'un SMS entrant. C'est David, son ex-collègue du 20e.

« Salut ! Scoop ! Nous venons d'appréhender un des imitateurs sur Paris. Pour l'instant, il est au frais. Tu rappliques ? »

Elle textote aussitôt :

« Clairement ! J'arrive ! »

En sortant, elle est saisie par la morsure du froid. Elle n'a pas regardé la météo qui annonçait ce retour des températures inférieures à zéro. Heureusement, elle a mis sa doudoune et une écharpe.

Une demi-heure plus tard, elle arrive au commissariat du 20e. Elle salue le planton comme si elle appartenait encore à la maison Poulaga et monte jusqu'au bureau de David.

— Salut ! Suis-moi. Je t'avertis, tu ne vas pas en revenir !

Elle descend derrière lui, intriguée.

— Jojo, amène la prévenue en salle d'interrogatoire.

Tous deux s'installent et Bertrande voit alors arriver une femme aux cheveux courts, taillée comme un malabar et habillée en jogging. David décline son état-civil, puis entre dans le vif du sujet.

— Madame Rivallon, vous avez été appréhendée pour avoir tué Henri Duflot, qui incarnait un père Noël à l'occasion de la fête de l'école de vos enfants.

— Pour sûr ! Ce sale vicieux a tripoté mes deux gosses. J'ai rendu service à la société.

— Et pouvez-vous nous détailler comment vous avez procédé ?

— Je lui ai d'abord laissé une chance de s'expliquer, vous savez ! Je l'ai interpellé à la sortie et j'ai demandé à mes enfants de répéter devant lui ce qu'il leur avait fait. Mais au lieu de s'excuser, il a nié et accusé mes petits d'affabuler. Et en plus, il m'a ri au nez ! Ça a été la goutte d'eau qui a fait déborder le vase ! Je me suis renseignée discrètement auprès du directeur de l'école sur les coordonnées de ce type, prétextant que je voulais l'embaucher pour un anniversaire, et je l'ai appelé avec ce même prétexte. Comme il est au chômage, il a accepté de me rejoindre au fond d'un parc. Là je l'ai assommé avec une barre de fer et je l'ai hissé dans mon coffre. Il pesait un âne mort, le bougre ! Après, je lui ai injecté une bulle d'air dans une veine et lui ai coupé la zigounette, pour faire croire qu'il faisait partie de la série du *serial killer* de Paris. Le lendemain, je l'ai emmené sous un sapin de la ville et j'ai imité la mise en scène décrite par les journaux.

Satanés journalistes ! Ils font plus de mal que de bien ! songe Bertrande.

— Et vous n'avez aucun remords ?

— Faut bien que quelqu'un se charge de châtier les pédophiles par là où ils pêchent, hein ! J'peux vous dire que si j'étais le chef de l'État, je leur remettrais une médaille, moi, à tous ces justiciers !

— Heureusement que vous ne l'êtes pas ! s'exclama David. Je vous ferai signer vos aveux tout à l'heure. Vous allez être condamnée pour homicide avec préméditation, vous en êtes consciente ?

— J'vais m'payer un bon avocat. Il va plaider la légitime défense, p'isque j'ai fait que défendre mes enfants et ceux de bien d'autres contre un prédateur sexuel. Faut tous les éradiquer !

Tous deux ne commentent pas. Au fond, elle n'a pas tort, mais si chacun se faisait ainsi justice, où irait le monde ?

Le policier la fait reconduire en cellule et offre un café à son ex-collègue. Celle-ci fait la grimace. Elle avait oublié que cette vieille cafetière faisait du jus de chaussettes.

— À mon avis, on est loin d'en avoir terminé avec les imitateurs, déclare David, un pli soucieux sur le front.

— Il faut finir de visionner tous les vidéos aussi. Je suis certaine qu'on tombera sur un truc intéressant.

— Je l'espère !

Ils discutent encore un moment et Bertrande le quitte.

— Tiens-moi au courant.

Elle regarde l'heure et peste. La corvée des achats de Noël l'attend…

★

Ce n'est qu'à midi et demi qu'elle regagne son domicile, les bras encombrés. Son chat accourt pour l'accueillir.

— Qu'est-ce qu'il faut pas faire pour les humains, hein, Rufus ?

Comme elle se prépare à déjeuner, elle reçoit un coup de fil de Julie.

— Coucou ! Tu es libre demain soir ?

— Oui. Comment vas-tu ?

— Je ne sais plus où donner de la tête avec ces cadavres ! Mais ça commence à se tasser, apparemment. On dîne ensemble demain et je te raconterai.

— D'accord. À demain, alors !

Une heure plus tard, elle prend le chemin de son cabinet pour retrouver la veuve Seychan. Celle-ci a des cernes sous les yeux, mais son regard est déterminé.

— Je veux tout savoir, même le pire, assure-t-elle.

— Je préfère vous prévenir que vous risquez d'avoir un choc. Le mieux est que je vous montre.

Elle ouvre alors le fichier avec des photos de nus où ne figurent que des spécimens de la gent masculine (dont Gaëtan, soit dit en passant…).

Sa cliente pousse une exclamation de surprise et prononce avec dégoût :

— Je le soupçonnais de me tromper, mais pas avec des hommes… Il était donc gay !

— Je suis navrée…

— Au moins, je sais. Je vais mettre du temps pour faire le deuil de mon mariage. En tout cas, je vous remercie et je donnerai vos coordonnées si des gens ont besoin d'un détective. Je vais vous régler maintenant.

Quand elle sort de son bureau, Bertrande n'est pas encore satisfaite : des points restent à éclaircir. Seychan et son frère ont été amants, certes, mais cela n'explique toujours pas ce que le mari infidèle faisait dans cet hôtel. Il est probable qu'il ait attendu un autre amant. Alors ce serait ce dernier qui l'aurait tué ? Mais pour quel motif dans ce cas ? Il faut qu'elle revisionne les bandes des caméras de surveillance de l'hôtel. Il lui semble qu'elle y a vu passer un type de dos, de stature élevée. Les moyens technologiques permettront peut-être moyen l'image pour la comparer avec la galerie de photos qu'elle a transférées sur son propre ordinateur. En attendant, elle les envoie à David, assorties de quelques mots :

« Si tu as un moment, tu peux y jeter un œil et vérifier si par hasard le grand mec de dos sur la vidéo de l'hôtel ne serait pas l'un de ceux qui se trouvent dans le fichier joint ? Je repasse demain, on pourra regarder dans le TAJ[3] : avec un peu de chance, il est fiché. »

Elle fait défiler une nouvelle fois les photos : certains sont canons comme son frère — il cachait bien son jeu, celui-là ! — d'autres ne sont pas à son goût… D'ailleurs, ça lui fait penser qu'elle a rendez-vous avec Sylvère au Marché de Noël. C'est au Jardin des Tuileries cette année.

Elle y parvient peu avant l'heure. Elle a fait un effort de toilette, cette fois, et porte son long manteau noir et ses bottines, ainsi que l'écharpe de son frère. Elle patiente devant l'un des petits chalets de bois à l'entrée de cette sorte de village, tout illuminé : ses ampoules de couleur brillent dans le soir qui tombe. De nombreux parisiens, mais aussi des touristes, affluent et déambulent parmi les étals de produits

[3] Traitement d'antécédents judiciaires.

régionaux. Bertrande, qui n'aime pas spécialement la foule et encore moins l'ambiance de Noël, est pourtant alléchée par les effluves des différentes baraques proposant de la restauration.

Ah ! Voilà Sylvère. Elle le reconnaît à sa démarche et s'avance vers lui. Il arbore un sourire approbateur en découvrant sa tenue.

— Bonsoir Bertrande. Heureux de vous retrouver dans ce lieu chaleureux. Nous y allons ?

Comme elle acquiesce, ils s'engagent dans la première allée. Des volutes vaporeuses s'échappent de leurs bouches et de celles des gens qui flânent, souvent en famille. Autour d'eux, un joyeux brouhaha crée une atmosphère festive, que Sylvère semble apprécier. Sa compagne s'arrête devant un stand de lainages. Pulls, bonnets, écharpes, gants attirent l'œil par leurs couleurs éclatantes et leur aspect douillet. Bertrande ne peut s'empêcher d'y poser la main pour tester leur douceur.

— L'un de ces articles vous tente ? s'enquiert Sylvère.

— J'avoue que je ferais bien l'acquisition de ce pull.

— Alors permettez-moi de vous l'offrir. Et choisissez des gants aussi. Je vois que vous n'en portez pas.

— C'est vraiment gentil, mais…

— Faites-moi plaisir, la coupe-t-il, en dardant ses prunelles pétillantes dans les siennes.

Vaincue, elle prend du temps pour faire son choix, demandant son avis au payeur, comme elle hésite entre deux.

— Celui-là ira bien avec vos yeux. Et voici les gants assortis, ajoute-t-il en lui tendant la paire qu'il vient de saisir.

Bertrande les essaie.

— Ils vous vont comme un gant, plaisante-t-il. Je crois que je vais aussi en acheter pour Tata Edmée, avec une écharpe. Je suis sûr qu'elle va adorer.

La quadragénaire le remercie et ils poursuivent ensuite leurs pérégrinations. Comme ils sont arrivés au bout, ils reviennent sur leurs pas et Sylvère lui propose de déguster une crêpe, ainsi qu'un cornet de marrons chauds. Ils s'assoient sur un banc et profitent du moment, en silence, que rompt Sylvère, quand ils ont terminé.

— Alors, où en est la police de son enquête ?

— Un vrai imbroglio ! Cela dit, ils ont attrapé un imitateur, en fait c'est une femme, et concernant la mort de mon frère, figurez-vous qu'elle est peut-être liée à celle de mon client, ou plutôt du mari de ma cliente, dont le cadavre a été repêché dans la Seine. J'espère pouvoir bientôt identifier le coupable, grâce à des vidéos. Je pense d'ailleurs, que malgré les précautions prises, le tueur — ou sa bande organisée ? — des premiers meurtres sera possiblement démasqué grâce aux caméras. Toutes les équipes sont mobilisées, pour beaucoup en surveillance, mais une partie s'est attelée au visionnage, et je dois justement retourner voir mon collègue pour finir de toutes les éplucher. J'ai bon espoir d'obtenir des résultats avec les nouvelles technologies.

— Hum… C'est possible, oui. Ça vous dit de venir dîner, demain soir ? Tata Edmée doit s'absenter pour quelques jours, précise-t-il pour la convaincre.

— Alors pas demain, je dois voir une amie, mais après-demain ?

— Euh… Non, je suis pris. Le 20 vous convient-il ?

— Oui, d'accord.

— Parfait, ma chère. Je vous dis à dans trois jours alors.

Il prend sa main et la baise, avant de se lever du banc. Touchée par ce geste de gentleman, Bertrande se met debout aussi, lui fait face et pose sa bouche sur la sienne.

— J'ai hâte, déclare-t-elle d'un ton rauque.

Tous deux partent alors dans une direction opposée.

CHAPITRE 24

(Le lendemain, 24 décembre, veille de Noël)

Comme Paul n'a plus de famille, Bertrande lui a suggéré, lors de leur dîner chez ce traiteur chinois avant-hier, de passer le réveillon avec la sienne, mais il a décliné :

— Ne te fais pas de souci, je ne serai pas seul. Un de mes amis m'a proposé un repas fin en sa compagnie.

— Ami ou amant ? a-t-elle demandé avec un clin d'œil ?

— Eh bien, à voir si, au cours de la soirée, nous ferons plus que flirter. Et toi alors ?

— Disons que nous avons sauté le pas, avec Sylvain…

— Ah ! Dis m'en plus !

Elle lui a donc narré leur tête-à-tête et la suite, sans rentrer dans les détails.

— Ça deviendrait donc plus sérieux avec lui ?

— Disons que, contre toute attente, nous nous entendons bien. Les contraires peuvent s'attirer, non ?

— En effet. Après, pour une relation durable, il faut que chacun y mette du sien.

La quadragénaire a roulé des yeux.

— Nous n'en sommes pas encore là, tu sais.

— Bien sûr. Tu es majeure et vacinnée, tu sais donc ce qui est bon pour toi. Et ton enquête, alors ?

La détective lui en a retracé les grandes lignes, jusqu'aux derniers rebondissements. Cependant, sans bien savoir pourquoi, elle lui a dissimulé ses soupçons quant à la participation possible de son nouvel amant dans ces crimes.

— Espérons que tes collègues ont effectivement trouvé le vrai coupable.

Il l'a raccompagnée jusqu'à chez elle et ils se sont souhaité par avance un joyeux réveillon.

Ce matin, Bertrande a traîné au lit, Rufus et elle s'offrant une longue séance de câlins, suivie d'un peu de lecture.

C'est la sonnerie de son téléphone, un extrait de Wagner, « La Charge des Walkyries », qui l'oblige à se lever, vers 11 h 30.

— Oui, David ?

— Nous avons repéré notre homme, grâce à l'appel d'un pompiste physionomiste : nous avions diffusé le signalement de Boutron et il l'a formellement reconnu. Par un heureux hasard, nous avions une patrouille dans le coin et ils sont en train de l'appréhender. Tu veux assister à l'interrogatoire ? J'ai l'autorisation de ma supérieure, vu que cette affaire est liée au meurtre de ton frère.

— Oh que oui ! J'arrive, disons dans une petite heure.

Elle saute dans un jeans et enfile le pull que lui a offert Sylvain. Il a l'air de faire froid dehors, à en juger par la posture des passants qui rentrent la tête dans le col de leur manteau et cachent leurs mains dans leurs poches. Elle en a confirmation lorsqu'elle ouvre la fenêtre pour aérer, comme chaque jour. Elle prend le temps de déguster son café avec des tartines et un œuf dur nappé de fromage blanc saupoudré de fines herbes, avant de se mettre en route.

En pénétrant au commissariat du vingtième, elle constate que ses collègues ont voulu donner une ambiance festive à ces lieux vétustes. À gauche de l'entrée se dresse un sapin synthétique enguirlandé. Ils lui ont même mis des loupiotes clignotantes. Ça fait un peu kitch, mais bon, c'est mieux que rien... Un SDF attend dans le couloir, ainsi qu'un couple qui fait grise mine. Elle ne s'attarde pas et monte directement dans le bureau de David.

— Salut, tu arrives pile poil : notre type vient d'être mis en cellule. Tu veux un sandwich ?

— Non merci, j'ai déjà mangé.

— Je termine le mien et on y va, dit le policier en mordant dans le sien. Mais tu vas devoir rester derrière la vitre sans tain.

— Ça me va. C'est déjà sympa de me permettre d'être là.

Un quart d'heure plus tard, Bertrande salue les policiers présents et stationne debout pour regarder son ex-collègue procéder, avec un coéquipier. L'homme est d'abord prié de décliner son identité, ce qu'il fait de mauvaise grâce. Puis il déclare qu'il ne dira plus rien sans la présence de son avocat.

— Vous avez tout intérêt à collaborer, vu les charges qui pèsent contre vous : je vous rappelle que vous êtes soupçonné du meurtre de Matthieu Seychan et possiblement de bien d'autres. D'ailleurs, si vous n'avez rien à vous reprocher, pourquoi vous être enfui ?

— Les flics et moi, c'est loin d'être une histoire d'amour, grince-t-il.

— Expliquez-nous votre présence dans cet l'hôtel.

David lui montre la photo tirée de la vidéo qui a permis de l'identifier. Comme celui-ci demeure muet, le policier tourne vers lui son ordinateur contenant la galerie de photos où il figure en bonne place.

— Vous ne pouvez nier que vous connaissiez Matthieu Seychan. C'était un de vos amants, n'est-ce pas ?

Boutron ne daigne pas répondre.

— Si vous persistez dans votre silence, je vous renvoie dans votre geôle, mais sachez que nous avons demandé un mandat pour fouiller chez vous. Nous trouverons certainement des choses intéressantes. Qu'en pensez-vous ?

Le prévenu blêmit et pince les lèvres. Le policier se rend compte qu'il ne parviendra pas à ses fins. Déçu, il lâche à son coéquipier :

— Bon, ramène-le en cellule pour qu'il réfléchisse un peu.

Il sort à leur suite et rejoint Bertrande.

— Je vais le laisser mijoter une heure au moins. On va se boire un café ?

— D'accord, mais pas ici. Je t'invite.

Ce laps de temps écoulé, ils reviennent après avoir mis au point une stratégie pour tenter d'obtenir des aveux.

— Monsieur Boutron, nous venons d'envoyer des hommes à votre domicile. Croyez-moi, le mieux que vous puissiez faire serait d'avouer que vous avez tué Seychan. Une histoire de rivalité ? De tromperie ? Il vous a certainement mis hors de vous, non ?

L'interpellé serre les poings, mais ne pipe toujours pas mot.

— Allons ! Réalisez-vous que vous pourrez plaider le crime passionnel ? C'est mieux que d'être accusé d'être *le psychopathe de l'avent*, non ?

— Je vous mets au défi de le prouver ! réplique-t-il, apparemment indigné.

— Eh bien, nous vous écoutons. Il vous sera tenu compte de votre coopération.

Damien Boutron hésite encore, puis il finit par craquer :

— J'avoue, j'étais jaloux. Jaloux de toutes les conquêtes de Matthieu. D'ailleurs, lui aussi avait un côté exclusif, vous savez. C'est pour ça que ça ne pouvait plus durer ! Cette situation nous tuait à petit feu tous les deux. J'ai décidé d'y mettre un terme et lui ai donné rendez-vous dans cet hôtel. Là, je lui ai injecté de la kétamine — j'ai un copain véto — et je l'ai balancé dans la Seine. Voilà. Fin de l'histoire.

— Plutôt définitif ! Pourquoi le tuer plutôt que de rompre simplement ?

— Je ne supportais pas l'idée de le laisser fricoter avec d'autres.

— Il va falloir nous donner plus de détails, notamment votre alibi à différentes dates.

L'homme est incapable d'en fournir un pour chacune, mais il fait preuve de bonne volonté.

Bertrande regarde sa montre : 16 h 55. Elle envoie un SMS sur le portable du policier, qui se trouve toujours en salle d'interrogatoire.

« Il faut que j'y aille, mais tu pourras me transférer le compte rendu, n'est-ce pas ? Bon réveillon ! »

David ne lui répond pas, occupé avec celui qui va être inculpé pour homicide sur la personne de Seychan, dans un premier temps, du moins.

La détective rentre chez elle et se change. Elle donne ses croquettes à Rufus et saisit le grand sac où sont entreposés ses cadeaux pour la famille.

— Je file, mon gros. À demain !

Elle se hâte pour ne pas rater le RER qui va l'emmener en banlieue.

★

À 19 h 10, elle est devant le petit pavillon où elle a passé son enfance et son adolescence. La porte est joliment décorée d'une couronne tressée de sapin et de houx. Dès qu'elle entre, une douce chaleur l'enveloppe et d'alléchants effluves de chapon farci montent à ses narines. Elle dépose son cabas et va directement dans la cuisine où officie sa mère adoptive en compagnie de Myriam : toutes deux sont en train de terminer les divers toasts qui vont agrémenter l'apéritif.

— Coucou ma chérie ! s'exclame Corinne en l'embrassant, imitée de sa fille.

— Je peux vous aider ?

— Ça va aller, lui répond sa sœur, on gère.

— Où sont les garçons ?

— Dehors, avec leurs copines, papa et Lionnel, en train d'ouvrir les huîtres.

— Super ! Et tes deux monstres ?

— Je suppose qu'ils sont sur leur portable, dans le salon, soupire Myriam.

— Je vais leur dire bonjour alors, fait-elle avec un clin d'œil.

En effet, Juliette et Bastien, âgés de 17 et 15 ans respectivement, sont avachis sur le canapé.

— Salut les jeunes ! Comment ça va ?

— Tata Bertrande ! s'exclame Juliette. Je suis contente de te voir.

— Alors racontez-moi tous les deux ce qui vous passionne tant sur les réseaux sociaux.

— Bah, en fait, moi je regarde des séries en anglais, lui confie Bastien.

— Et moi, je discute avec mes copines et je mate des vidéos marrantes sur *TikTok*. Mais il y a aussi des tutos et j'apprends des trucs.

— Oh ! D'accord ! Vous m'enverrez les liens que je me mette à la page, alors.

— Ouaip ! *No soucy* ! répond l'adolescent, nonchalamment, en se replongeant le nez sur son écran.

Ah, ces jeunes ! songe Bertrande en s'éloignant. *Ils sont incroyables ! À mon époque, on n'avait pas tout ça ! Ils ont de la chance, finalement. Le progrès a du bon, malgré le risque d'addiction et de harcèlement sur les réseaux.*

Elle retrouve le reste de la famille dehors, dont ses deux frères adoptifs. Plus jeunes qu'elle, ils ne sont pas mariés et profitent de la vie, comme ils disent, en collectionnant leurs conquêtes.

Ils se font tous la bise. Bruno tire par la main sa nouvelle petite amie :

— Je te présente Solveig, elle est suédoise. Tu peux lui parler en anglais.

— Et voici Jade, dit Cyril. Elle est brésilienne. Elle s'exprime très bien en anglais. Mais elle apprend le français avec moi.

— Au moins, on est universel, ici ! se gausse Bertrande.

Les huîtres ouvertes, du vin blanc et du champagne sont débouchés. L'apéritif est festif, d'autant plus que les cadeaux sont offerts à ce moment-là, maintenant que les enfants sont grands.

Bertrande se sent bien et profite de l'ambiance chaleureuse, oubliant le reste du monde. Pourtant, en observant ses frères avec leurs compagnes, et sa sœur avec son mari, elle a une pensée pour Sylvère. Ils n'en sont qu'aux prémices de leur relation et, pour une fois, elle aimerait bien approfondir sa connaissance de ce personnage, dont l'aura de mystère l'intrigue encore. Peut-être aussi qu'elle vieillit…

Après une nouvelle tournée de champagne, Corinne la tire de ses réflexions existentielles et suggère d'offrir les cadeaux. Les adultes vont les chercher et s'approchent avec un sac. Ce n'est plus tout à fait la même magie que lorsqu'ils étaient petits, mais les yeux des adolescents brillent. Ce moment demeure unique dans l'année. Leur « tata » sourit, détendue.

CHAPITRE 4

(Le même jour)

Après leur découverte macabre, Bertrande a avalé un whisky cul sec et Paul a attendu avec elle que ses collègues viennent récupérer le paquet.

— Eh bien ! C'est d'un glauque ! Ça va ? Tu tiens le choc ? lui demande Mattéo.

— Faut bien !

— Dire qu'on était là et qu'on n'a rien vu ! On n'a pas été bons ! se fustige Rolland, en triturant le petit bouc qu'il arbore à son menton.

— Viens, mec, faut pas qu'on traîne, des fois que ce... truc tombe en poussière.

— Matt, tu dis vraiment n'importe quoi !

— En tout cas, plus vite le légiste l'aura, mieux ce sera. Et puis, j'avoue, j'ai un rencard ce soir, avec une meuf canon ! Son équipier secoue la tête, d'un air navré.

— Tu es incorrigible ! Bertrande, tu nous donneras la liste des invités. Et tu devras passer au poste pour qu'on prenne tes empreintes, car je suppose que tu as touché le paquet ?

Celle-ci acquiesce.

— Alors à très vite. Bon courage, ma grande !

— Merci, les gars ! Eh Matt ! Fais-toi plaisir ! lance-t-elle avec un clin d'œil.

— Compte sur moi !

Bertrande leur fait un dernier signe et va chercher son manteau.

— Paul, tu m'aides à emporter toutes ces gerbes qui me filent la gerbe dans la voiture ?

— Ça roule. Ensuite je te raccompagne chez toi. J'insiste. Hors de question que je te laisse seule, après tout ça.

Ils font plusieurs allers retours, puis elle récupère le portrait de son frère et ferme à clé le spacieux local dans le pavillon qu'elle loue pour recevoir ses clients et qu'elle a débarrassé pour la cérémonie.

— Je conduis, si tu veux, lui propose son ami.

— Euh… Je préfère pas. Ta façon de manier le volant est un chouïa trop… fantaisiste pour moi.

— Peste, va !

★

Paul monte jusqu'à son petit appartement, situé au deuxième étage d'un immeuble haussmannien. Il est une des rares personnes qu'elle laisse pénétrer dans son refuge. À peine sont-ils entrés qu'une boule de poils roux vient se frotter dans leurs jambes.

— Salut, mon Rufus ! fait Paul en s'asseyant sur le canapé, après avoir déposé les bouquets.

Aussitôt le gros matou saute sur ses genoux, en ronronnant.

— Une vraie locomotive, ce chat !

— Une vraie *love machine*, surtout, le corrige Bertrande en le prenant dans ses bras, et un excellent antidépresseur.

— Entièrement d'accord, approuva son ami, qui éternue et doit s'écarter d'eux à contrecœur.

— Ton traitement désensibilisant aux acariens et autres n'a pas l'air d'être efficace... raille la quadragénaire.

— C'est que j'aurais dû m'en occuper... (Atchoum !) plus tôt, fait-il, dépité. Je vais devoir te laisser, ma grande. Tu veux que je te prépare quelque chose ?

— T'inquiète. Je vais me faire un bol de soupe au potiron et aller me coucher.

Elle le raccompagne jusqu'à la porte et l'embrasse sur les deux joues.

— Je t'envoie les photos que j'ai prises ici par mail dès demain.

— Merci, Paul. Tu es un ange. Bonne fin de soirée.

Rufus la talonne jusque dans la cuisine et miaule devant sa gamelle.

— Tiens, mon beau, lui dit-elle en versant des croquettes.

Elle met ensuite la bouilloire en route et ouvre son placard, où se trouvent toujours en réserve quelques sachets de soupe lyophilisée. Quand son bol est prêt, elle va chercher un dossier sur son bureau et retourne s'asseoir sur son canapé en tailleur, un plaid sur les genoux. Elle examine à nouveau les photos de la scène du premier crime, qu'elle a pu obtenir grâce à David, un ancien collègue. Celle-ci, a eu lieu le premier décembre. Elle a même le rapport du légiste, par son ancienne assistante qui a obtenu le poste lorsqu'il est parti à la retraite. C'est désormais une amie de longue date.

Comme pour son frère, la victime, un quinquagénaire sexy trouvé dans une chambre d'hôtel dans le neuvième arrondissement de Paris, a eu le sexe tranché (*post mortem*, selon le rapport) et recouvert d'un bonnet de père Noël. Des guirlandes et autres décorations festives ornaient les lieux. Ensuite, le tueur — ou un commis — l'a déposé sur le paillasson de son mari dans une boîte hermétique, emballée soigneusement avec la mention « Joyeux Noël » sur l'étiquette. *J'aurais dû m'attendre au contenu du paquet*, songe-t-elle alors…

Ses collègues de la crim' penchent pour un plan cul qui aurait mal tourné. Sauf que maintenant, ils ont deux meurtres avec le même mode opératoire… Pensive, la détective attrape son bol et boit quelques gorgées. Puis, renversant la tête en arrière, elle ferme les yeux et réfléchit. Quel peut être le mobile de l'assassin ? Un traumatisme d'ordre sexuel au moment des fêtes ? Et quel est le point commun entre son frère et la première victime ? Ce n'est ni leur âge ni leur mode de vie, à moins que tous n'aient été gays, comme Gaëtan ? Elle met leurs photos en regard. Ils ne se ressemblent pas non plus, mis à part leur physique attrayant et une fausse barbe de père Noël.

— Alors, qu'est-ce qui ne tourne pas rond chez toi ? murmure-t-elle, s'adressant au tueur inconnu. Je parie que tu n'en as pas terminé…

Elle repense soudain à la présence de l'inconnu qui lui a tapé dans l'œil, à la cérémonie, le dénommé Sylvain. Il a prétendu connaître Gaëtan, par le biais de son boulot, mais il s'est montré très évasif… Est-ce que ça fait de lui un suspect ? Oui, clairement, répond le côté professionnel de l'ancienne policière. Mais la femme qu'elle est répugne à le voir ainsi. Elle en ferait bien son quatre heures… Elle s'imagine avec lui, leurs corps nus enlacés, et en frissonne déjà.

— Tu te fais des films, ma vieille, se morigène-t-elle à voix haute. N'empêche que tu as son 06…

Sur une impulsion, elle compose le numéro. Elle est déçue de tomber sur sa boîte vocale, et, prise de court, elle va raccrocher, quand elle se reprend et laisse le message suivant :

« Salut, c'est Bertrande, la sœur du défunt. Nous nous sommes rencontrés à la cérémonie. Est-il possible de se voir, demain, à l'heure qui vous conviendra ? J'aimerais que vous me parliez de mon frère ».

★

À vingt-deux heures trente passées, alors qu'elle s'apprête à aller se coucher, son portable sonne.

Intriguée et vaguement inquiète – à moins que ce ne soit Sylvain ? – elle appuie sur « répondre » et reconnaît la voix du collègue qui l'a déjà informée pour le premier homicide.

— Salut Bertrande ! Je te livre un scoop, parce que je te sais concernée. La Commandante Mercadier vient de découvrir un nouveau meurtre, dans le vingtième, cette fois. Mais c'est la même mise en scène avec un type au sexe coupé, recouvert d'un bonnet rouge. La seule différence, c'est qu'il semble s'être débattu, vu les traces sur ses poignets, et il n'est plus tout jeune, je dirais la soixantaine.

— Merci David ! C'est exactement ce que je craignais. Nous avons affaire à un *serial killer*.

— Oui, c'est vraisemblable. Bon, je te laisse, mais je tâcherai de t'envoyer des photos.

Quand elle raccroche, elle n'a plus du tout envie de dormir. Elle est même tout excitée…

Elle tourne en rond un moment et décide de sortir dans un *night club* qu'elle fréquente régulièrement. Elle boira deux ou trois verres et peut-être finira-t-elle la nuit à l'hôtel avec un beau mâle. C'est tout ce qu'il lui faut pour se débarrasser de la tension nerveuse qui l'habite. Elle va enfiler une robe habillée, noire et fendue sur le côté, ainsi qu'une perruque aux longs cheveux blonds. Pour terminer sa transformation, elle se maquille et chausse des escarpins. Ainsi, elle est méconnaissable. Nul n'a idée de cette partie sulfureuse de son existence, pas même Paul, pourtant son confident, et c'est très bien ainsi. Elle a toujours refusé d'avoir des attaches et compte bien poursuivre ainsi.

La vie de famille, elle laisse ça aux autres.

CHAPITRE 14

(Le même jour)

Cette vieille dame est bien sympathique, mais Bertrande n'imaginait pas son rendez-vous ainsi, même si le beau gosse l'a prévenue via un SMS que sa « tata » se joindrait à eux… Elle soupire intérieurement devant son chocolat chaud, tandis qu'Edmée sirote son thé, le petit doigt levé, tout en couvant Sylvain du regard. Puis elle se tourne vers elle et prononce d'un ton compassé :

— Je vous présente mes condoléances pour votre frère, mademoiselle.

— Merci, répond sobrement la concernée, ne sachant quoi ajouter. *Elles ne sont pas intimes, tout de même ! Et elle est vraiment « vieille France », la Tata Edmée.*

Chacun entame son gâteau. Après un silence, Edmée reprend :

— Alors vous étiez dans la police et maintenant vous êtes détective ? Ce devait être excitant de traquer les malfrats !

— En effet, mais contrairement à ce que croient les gens, ce ne sont pas les enquêtes sur le terrain qui font l'essentiel du boulot de flic, ce sont les paperasses !

— Oh ! Vraiment ? Est-ce la raison qui vous a poussée à quitter la police ?

— Eh bien, pas tout à fait…

— Allons, Tata Edmée, intervient Sylvain, cessez de faire votre curieuse. Cela ne nous regarde pas.

— Je n'ai rien à cacher. Autant que vous le sachiez, j'ai démissionné après une sale affaire de pédophilie. Disons que je me suis laissé emporter par mes sentiments et que ça s'est mal terminé.

— Je comprends, oui, assure la vieille femme avec un air de compassion, après avoir fini une autre bouchée. Ces pervers ne méritent pas de vivre.

Oui, mais mon frère n'en était pas un. Sa mort est injuste et je découvrirai le fin mot de l'histoire, songe Bertrande, un pli amer sur le front, tandis qu'Edmée s'essuie délicatement les coins de la bouche. Sylvain, lui, ne dit mot : il contemple l'ancienne flic, pensif. Cette femme est plus dangereuse encore qu'il le craignait. Cependant, la fougue qui la caractérise la rend d'autant plus intéressante… Comme leurs regards se croisent, Bertrande met dans le sien un soupçon de défi. Que cela signifie-t-il ? « Attrape-moi si tu l'oses » ?

Sylvain relance la conversation :

— Quelle est votre prochaine envie, Bertrande ?

Celle-ci répondrait bien « des jeux à faire sous la couette avec vous », mais elle se contente d'un geste évasif.

— Je veux bien me laisser surprendre.

— D'accord. Je vais y réfléchir alors. Je vous recontacte demain.

Ses propos donnent le signal du départ. Tous trois ont terminé leurs gâteaux et Sylvain se lève pour aller régler. Lorsqu'il revient, ils se disent au revoir en se serrant la main. Bertrande n'ose pas réitérer son baiser devant la tata du beau gosse, malgré l'envie qu'elle en a.

Il est 17 h 07 quand ils poussent la porte d'entrée du salon de thé. Le froid les saisit de sorte que personne ne s'attarde. Bertrande se hâte de regagner son douillet T2. Elle a du pain sur la planche avec sa nouvelle affaire. Elle commence par rappeler les hôpitaux et les commissariats, deux vérifications valant mieux qu'une, mais n'obtient que des réponses négatives. Elle s'occupe ensuite des aéroports où elle a gardé des contacts.

— Salut Mickaël ! J'ai un cas de disparition à traiter. Aurais-tu la gentillesse de m'envoyer les enregistrements de vidéo-surveillance à partir du 5 décembre à aujourd'hui, s'il te plaît ?

— Salut, ma grande ! Je vais voir ce que je peux faire. Tu en auras pour des heures de visionnage !

— T'inquiète ! J'ai acquis un nouveau logiciel à reconnaissance faciale. Je vais entrer la photo du gars que je recherche et le laisser tourner. On verra bien ce que ça donne…

— Alors je te souhaite bonne chance !

— C'est très sympa. Merci !

En attendant qu'il lui envoie les vidéos, elle passe un coup de fil à sa mère adoptive, qui lui demande si elle a une envie particulière pour Noël.

— Je t'avoue que je suis loin de ces préoccupations. D'ailleurs, on n'est que le 10 décembre, si je ne m'abuse.

— Tu me connais, j'aime prévoir les choses. Je vais une nouvelle fois devoir me creuser la tête, alors… N'hésite pas à m'envoyer un SMS si tu as une illumination. Sinon, pense aux cadeaux des enfants de Myriam. Même s'ils sont grands maintenant, une petite attention fait toujours plaisir.

— À mon tour de te demander si tu as une idée pour eux.

Bertrande n'est pas très fan de Noël et déteste par-dessus tout faire les magasins. D'ailleurs, elle a toujours du mal à trouver quoi offrir. Heureusement, elle sait qu'elle peut compter sur Corinne.

— Je vais interroger leur mère et je te rappelle.

— Super ! Bises à Roger.

Il est presque 19 h quand elle joint *Baguette*. Il paraît un peu embêté.

— Ben, j'ai pas vu sortir le dénommé Sylvain de chez lui, mais une vieille, qui s'est dirigée vers le métro vers 14 h et quelques. Comme tu ne m'avais pas parlé d'elle, j'ai pensé qu'il valait mieux que je reste à guetter ton type. Et c'est là que j'ai cru reconnaître celui de la photo que tu m'as envoyée, le dénommé Seychan. Il avait un chien avec lui et je les ai donc suivis. J'ai aussi pris quelques clichés que tu vas recevoir. Cela dit, si c'est vraiment le type que tu recherches, il a fini par revenir sur ses pas et est rentré au domicile de Sylvain. C'est pas dingue, ça ?

— Avec un animal, je doute que ce soit Seychan... soupire la détective. Tu as mis tes connaissances et autres contacts sur le coup ?

— Oui, oui, ne te bile pas. Mais c'est un peu tôt pour que je puisse te faire un retour. Demain soir, j'en saurai plus.

— Espérons... Bon je te laisse gérer et te recontacte demain.

— D'accord !

Bertrande est un peu découragée. Pour se consoler et parce qu'elle n'a guère envie de se faire à manger, elle se commande une pizza. À peine a-t-elle raccroché qu'elle entend sonner à l'interphone.

— Salut ! C'est Paul !

— Je t'ouvre !

Lorsqu'il apparaît sur le seuil, il lui tend un carton qui fleure bon la pizza, ainsi qu'un autre d'un pâtissier. Son amie s'esclaffe :

— Les grands esprits se rencontrent !

Comme il la dévisage, interloqué, elle lui explique qu'elle vient de passer commande.

— On ne manquera pas, comme ça ! dit-il en entrant.

Aussitôt Rufus vient se frotter contre ses jambes.

— Décidément, mon matou t'a à la bonne !

— Moi aussi, je l'aime bien. Dommage que mon organisme ne soit pas de cet avis !

— Je nous ouvre un chianti ?

— Volontiers !

Tandis qu'elle débouche la bouteille, son hôte improvisé s'enquiert de son moral.

— Tu sais que je ne suis pas du genre à me regarder le nombril, ni à m'apitoyer sur mon sort, alors je ne m'interroge pas sur ce point, mais je dirais que ça va. Cependant, je ne te cache pas que je me pose des questions sur Gaëtan... Il ne peut pas être pédophile, tout de même ! Franchement, je suis blessée de penser que les gens imaginent qu'il puisse être ce genre de monstre, non, je ne parviens pas à y croire. (Elle soupire en secouant la tête, avant de reprendre.) Il faut que je tire ça au clair... D'ailleurs, j'examine ses fréquentations et j'ai revu un type que j'ai rencontré lors de la cérémonie, l'autre jour, et qui se prétend l'ami de Gaëtan, lui confie-t-elle.

— Il est mignon ?

— Attends, je te montre. Tu as vraiment fait du beau boulot avec tes photos. Merci encore.

Elle ouvre son ordinateur et clique sur un des clichés pris par Paul.

— Le voilà.

— Oui, c'est vrai qu'il a du chien, mais ce n'est pas mon genre. Cela dit, je l'avais remarqué. Et donc ?

— Donc je voulais le rencontrer pour qu'il me parle de mon frère et aussi parce que mon esprit de détective voulait en savoir plus. Il s'avère que, d'après ma petite enquête — j'ai demandé à Jean-Daniel —, il ait réellement sympathisé avec Gaëtan. Et il est également amateur d'art.

Paul glousse.

— Ben quoi ? Tu me crois hermétique à l'art ?

— Eh bien... Disons que c'est une préoccupation qui ne t'est pas familière.

— Mouais. Dis tout de suite que je suis ignare et insensible !

— Ma biche ! Ne te vexe pas. Je sais bien que tu es quelqu'un d'ouvert.

— Oui, et j'ai même visité une galerie d'art contemporain et aujourd'hui, les colonnes de Buren.

— En effet, tu m'en bouches un coin ! Je suis très curieux d'avoir tes impressions.

Bertrande lui expose ses ressentis sur les tableaux et sculptures, tout en piochant un morceau de pizza, imitée par son ami.

— Concernant ces morceaux de colonnes tronquées placés là aléatoirement et sans logique apparente pour moi, je t'avoue que je suis un peu perplexe, même si avec les explications de Sylvain, j'ai pu appréhender les deux plans historiques...

Paul émet un petit sifflement admiratif, avant de s'enquérir :

— Et tu comptes le revoir, je suppose.

— Oui, j'avoue qu'il m'attire…

— Je comprends. Il a des lèvres bien pleines, sensuelles, un nez harmonieux et un front intelligent. Sans parler du fait qu'il s'habille de façon très chic.

Bertrande le considère un moment.

— Tu sais, j'ai remarqué que tu portes un des pulls de Gaëtan et ça me fait très plaisir.

— Ton frère avait beaucoup de goût, lui aussi, dit-il doucement.

— C'est vrai ! Raison pour laquelle il avait beaucoup de succès auprès de la gent féminine, et même masculine, lui fait-elle avec un clin d'œil.

— Je dois confesser que je le trouvais séduisant…

— Et si on parlait de toi alors ? Où en es-tu de tes amours ? Tu ne m'avais pas parlé d'un brésilien ?

— C'est compliqué… Thiago a été obligé de repartir.

— Oh ! Et tu ne m'as rien dit !

— C'était pile au moment où tu as appris la mort de ton frère…

Bertrande le prend dans ses bras en murmurant :

— Je suis désolée pour toi.

— Il m'a promis de revenir, tu sais.

— Alors trinquons à son retour !

La deuxième pizza arrive peu après et ils ne boudent pas leur plaisir. Lorsqu'ils se quittent, Bertrande se met à la fenêtre. Les illuminations festives enchantent tout Paris, mais elle ne pense qu'à une chose : mettre la main sur les psychopathes, tueurs de pères Noël et de son frère.

CHAPITRE 2

(Le même jour)

Bertrande demeure là un instant, perplexe. Ce Sylvain qui se prétend l'ami de Gaëtan l'intrigue. Elle aurait pourtant juré qu'il était gay… d'autant que son teint métissé et ses traits fins auraient pu plaire à son frère, qui aimait bien ce type de beauté. D'ailleurs, elle doit bien reconnaître qu'il est séduisant, avec ses lèvres sensuelles, et classe aussi, avec ses vêtements style *urban-chic*. C'est une bonne idée d'avoir échangé leurs numéros : elle va le revoir bientôt. Elle soupire, avant de se décider à retourner auprès des gens venus rendre un dernier hommage au défunt… Quoique, pour beaucoup, elle a l'impression qu'ils sont surtout venus pour se goinfrer. Elle s'interroge sur la présence de certains, dont la tête ne lui dit rien, et d'autres, au contraire qui sont des stars du *show-biz*. En même temps, Gaëtan et elle n'évoluaient pas dans le même cercle…

— Ça va, ma puce ? s'enquiert un grand type maigrichon, avec un appareil photo sophistiqué autour du cou.

L'ancienne policière pince les lèvres et lui décoche une tape sur la tête. Elle est aussi grande que lui avec son mètre soixante-seize, et gronde alors :

— Paul, je t'ai déjà demandé de ne pas m'appeler comme ça en public.

Celui-ci sourit et lui fait ses yeux de cocker.

— Pardon, ça m'a échappé. Sinon, tu tiens le coup ?

— Disons que je gère, pour l'instant.

— Je suis là, au besoin.

— Tu es gentil. (Elle avise alors deux de ses anciens collègues, avec qui elle a gardé contact.) Attends-moi là, je reviens.

Elle se dirige donc vers le duo de policiers.

— Rolland ? Mattéo ? Que faites-vous là ?

— On est ici pour te soutenir, répond le premier.

— Et aussi observer, prendre la température, des fois que le meurtrier se trouve ici, lui confie le second, à mi-voix.

— Vous faites bien ! Il faudra surtout vous pointer à l'enterrement et ouvrir l'œil.

— C'est prévu ! C'est dans quatre jours, c'est bien ça ?

— Oui, le 8 décembre. Vous n'avez rien d'autre à m'apprendre ?

— Nous attendons les conclusions du légiste. Tu en sais autant que nous, pour l'instant.

— Oui, et c'est sympa, les gars, de m'avoir informée sur les éléments de la scène de crime.

— C'est normal ! Il s'agit de ton frère, quand même !

Elle se remémore les détails sordides du « tableau » imaginé par le tueur. Il faut vraiment être dérangé du bulbe pour mêler le père Noël à un meurtre ! Surtout à l'endroit où était placé son bonnet rouge ! Elle recommence à visualiser les sévices infligés à son frère et son visage se crispe. Pourvu qu'il n'ait pas trop souffert !

— Comment vas-tu, ma chérie ?

Elle sursaute et se retourne. Il s'agit de Myriam, la fille de sa mère adoptive, qui est venue, elle aussi, pour la soutenir. Elle a vécu dans cette famille d'accueil pendant douze ans, après la mort de ses parents, tués par un chauffard jamais retrouvé, ce qui l'a conduite naturellement à embrasser la carrière de policier. Dans son malheur, elle a eu de la chance de tomber sur les Soupault. Corinne est une maman attentive, une vraie crème ! Au début, Bertrande était mutique, d'autant qu'on l'avait séparée de son jeune frère, mais à force de patience, Corinne est parvenue à entamer le dialogue et a fait en sorte que la fillette se sente bien. Cette dernière a même fini par accepter une psychothérapie et s'est liée avec Myriam, qui n'a qu'un an d'écart avec elle.

— Roger n'a pas pu se libérer, mais il me charge de t'embrasser pour lui, déclare cette mère bien en chair, en l'enlaçant tendrement.

Elle est beaucoup plus petite que Bertrande, ce qui crée un contraste frappant pour qui les voit côte à côte.

— Merci d'être là, les filles. J'avoue que je suis un peu déboussolée, avec tout ce monde, dont je ne connais pas la moitié. Il faut d'ailleurs que j'aille tous les remercier…

— Ce n'est pas facile, c'est sûr, compatit Myriam. Courage, ma grande !

Bertrande opine du chef et se compose un visage de circonstance pour rencontrer les nombreux convives. Elle s'approche donc du buffet, qui a été pris d'assaut une heure plus tôt, et salue chacun de la tête, du moins ceux qui sont encore là, avec un « merci d'être venu ».

— Il n'y a plus de petits fours salés ? demande un vieil homme, un octogénaire au bas mot, à en juger par sa tête chenue, ses joues flasques et sa démarche vacillante.

— Si vous n'en voyez plus, c'est qu'il n'y en a plus, réplique-t-elle, un peu sèchement, d'autant qu'elle n'a pas eu l'occasion d'en goûter un seul !

Les gens sont d'un sans-gêne ! songe-t-elle, tandis que le papi s'éloigne, l'air dépité. *Qu'est-ce que ça va être à l'enterrement !*

Histoire d'avoir quelque chose dans le ventre — elle n'a rien avalé de solide depuis hier soir —, elle se rabat sur les quelques mini-tartelettes qui restent, seul relief de ses achats sucrés chez le traiteur. Elle avait pourtant prévu large, mais elle avait perdu de vue que Gaëtan travaillait dans l'événementiel. D'ailleurs, il lui a semblé reconnaître un réalisateur et un acteur, pour qui cette sortie est un coup de pub, sans aucun doute. Quel monde de rats ! Ils s'éloignent, entourés d'une nuée de fans. Le mort paraît avoir été oublié... Elle se félicite d'avoir tardé à affronter la foule, qui a beaucoup diminué, après avoir opéré une razzia dans les mignardises. Haussant imperceptiblement les épaules, elle se détourne pour rejoindre les gens qui comptent vraiment : ses proches et quelques familiers de son frère, qui, contrairement à elle, n'a pas vraiment gardé de lien avec ses familles d'accueil, car il en a eu plusieurs. En tout cas, ceux qui sont encore là ne jouent pas la comédie de l'affliction et se sont regroupés gentiment devant le portrait du quadragénaire séduisant aux yeux verts, qu'il a hérités de leur mère... Ceux de Bertrande, gris vert, sont moins lumineux, mais ils ont la même forme.

— Dire que nous avions remporté un super contrat ! Gaëtan était si content de le signer, voilà à peine huit jours ! Nous devions nous occuper d'un gala de charité avec de nombreuses célébrités durant la semaine précédant Noël ! se lamente son associé, Jean-Daniel, un petit homme au visage tout rond, à la calvitie précoce et à l'estomac proéminent, signe de multiples excès. Mais Gaëtan aimait bien son côté bon vivant et son sens des affaires.

— On est bien peu de choses, profère la blonde platine qui l'accompagne et le dépasse de quinze centimètres, juchée sur des talons aiguille.

Si c'est pour dire de telles platitudes, tu ferais mieux de la fermer, godiche, a bien envie de rétorquer Bertrande, exaspérée et un brin sexiste à cet instant précis.

Heureusement, Myriam glisse un bras consolateur autour de sa taille, aussitôt imitée par sa mère. Et la présence de ses deux ex-collègues la rassérène également. Eux, au moins, servent à quelque chose !

— Nous allons vous laisser, maintenant, lui dit alors une femme élégante sur le retour, accompagnée de son mari, sans doute. Nous sommes les voisins de Gaëtan, précise-t-elle, devant l'air interrogateur de Bertrande. Nous l'appréciions beaucoup.

— Oh ! Eh bien, merci d'être passé.

— Comment est-il mort exactement ? l'interroge l'homme.

— Il a été assassiné et la police enquête, c'est tout ce que je peux vous dire.

— C'est terrifiant ! Il est vrai que le milieu dans lequel il évoluait est sans pitié…

— Oui, mais Gaëtan était apprécié de tous, rétorque Jean-Daniel, qui a suivi la conversation. Je ne vois pas qui aurait pu lui en vouloir au point de le tuer ! C'est insensé !

Peu après, la mine affectée, il prend congé avec sa blondasse, tout comme Rolland et Mattéo.

— Ma chérie, nous devons y aller, nous aussi. Nous nous revoyons le 8, déclare Corinne en l'embrassant affectueusement.

— Appelle-moi, si tu as besoin, ajoute Myriam.

— Avant de partir, choisissez quelques gerbes de fleurs, sinon, elles vont atterrir à la poubelle.

— Oui, ce serait dommage, concède Corinne.

Paul, qui a refusé de laisser sa meilleure amie seule, ce soir, les accompagne auprès de la grande table, où sont entreposés les bouquets et autres plantes. Tous portent la mention « Sincères condoléances » ou « Nos plus sincères condoléances ».

— Je crois que je vais emporter cette composition aux couleurs vives, déclare Myriam. Elle est vraiment réussie.

— Fais-toi plaisir ! Prends-en deux ! Et toi aussi, Paul, lui lance-t-elle, alors qu'il prend ses dernières photos.

Comme sa sœur adoptive soulève la gerbe, Bertrande aperçoit, posée derrière, une petite boîte d'une dizaine de centimètres de long, emballée avec soin dans un papier kraft coloré, entouré d'un ruban rouge brillant.

— Tiens, qu'est-ce que c'est que ça ? murmure-t-elle, en s'en emparant.

Elle commence à défaire le paquet, sous les yeux intrigués des autres. Enfin, après quelques efforts, elle ouvre la boîte fermée hermétiquement avec une large bande adhésive.

À peine le couvercle est-il ôté qu'elle pousse une exclamation horrifiée et jette sur la table, plus qu'elle ne le dépose, le « cadeau », comme s'il était contaminé.

— Non ! Ce n'est pas possible ! s'écrie Bertrande, épouvantée.

Paul se penche alors et, prenant une mine dégoûtée, s'exclame, d'un ton mélodramatique :

— Si c'est bien ce que je pense, ça veut dire que le meurtrier était parmi nous tout à l'heure !

Les deux autres femmes sont pétrifiées. Tous quatre contemplent l'« objet » macabre tout fripé, qui confère à une scène d'horreur.

— Il faut que je rappelle Mattéo et Rolland, déclare Bertrande, d'une voix étranglée par l'émotion.

CHAPITRE 16

(Le même jour)

Depuis trois jours, Bertrande a fait bien des découvertes.

La première l'a immensément soulagée. Elle a remis la main sur le papier trouvé chez Gaëtan avec le numéro, qu'elle avait fourré dans la poche de son pantalon. En voulant le laver, elle est tombée dessus. Elle a aussitôt appelé et c'est une agence de pub qui lui a répondu. Elle a exigé à parler au responsable qu'on a fini par lui passer.

— Oui, c'est à quel sujet ?

— Je suis la sœur de Gaëtan Thouvenin, qui est décédé. Je cherche à comprendre pourquoi il avait votre numéro.

— Oui, j'ai appris. Toutes mes condoléances… J'étais en relation avec son agence et il m'a contacté : suite à un défi, m'a-t-il dit, il devait tourner une pub. Je lui ai alors proposé de remplacer notre père Noël, qui venait de faire défection. Il a donc accepté. Très pro, je dois dire, il passe très bien à l'écran. Nous avons d'ailleurs vendu cette pub à plusieurs chaînes demandeuses : elle devrait être diffusée bientôt…

Oh ! Mon Dieu ! Je viens de faire le lien avec ces horribles meurtres !

— En effet ! C'est horrible ! Mais ce qui me console, c'est que l'assassin a commis une terrible bévue : il a confondu mon frère avec l'homme que vous employez. Vous feriez bien de le signaler comme pédophile à la police.

— Oui, je vous remercie. Je n'aurais jamais cru… On ne sait jamais qui sont vraiment les gens.

— Je ne vous le fais pas dire. Au revoir.

À peine a-t-elle raccroché qu'elle a téléphoné à ses ex-collègues.

— Les gars, vous avez loupé une info : mon frère a tourné une pub en père Noël pour l'agence « Imago ». Vous avez pourtant dû éplucher ses communications, non ?

— Attends, je vérifie auprès de notre spécialiste et je te rappelle.

Une demi-heure plus tard, Mattéo a tenu parole.

— Alors ?

— En fait, on n'a pas pointé le numéro de l'agence comme urgent parce qu'il provenait de son bureau. On l'a classé dans les appels professionnels.

— En tout cas, j'aimerais que vous fassiez un communiqué pour démentir le lien de mon frère avec les pervers visés. Je peux compter sur toi ?

— Oui, je vais m'en occuper auprès de mon contact journaliste. Il va laver Gaëtan de tout soupçon de pédophilie. Tu dois être sacrément soulagée !

— Oui. Je ne parvenais pas à le croire et j'avais raison.

Elle attend donc avec impatience l'article qui disculpera Gaëtan et réhabilitera sa mémoire. C'est le moins qu'elle puisse faire… En revanche, elle a appris une mauvaise nouvelle par David, la veille, qui a donné lieu à un entrefilet dans le journal, mentionnant qu'un cadavre avait été repêché dans la Seine, Matthieu Seychan, selon ses papiers « Des traces sur son cou indiqueraient que la victime a été étranglée. L'homme était porté disparu depuis une semaine ». Elle a aussitôt prévenu sa femme, avant la parution de l'article. Marielle s'est effondrée, avant de la supplier de trouver le coupable. Elle le lui a promis. Elle a donc joint sa légiste préférée pour lui demander si elle pouvait lui préciser quel jour il était mort.

— Tu tombes bien. Je suis dessus. D'après mes calculs, ce devrait être dans la nuit du 5 au 6 décembre.

— Merci, ma belle. À plus.

En début d'après-midi, elle doit faire le point avec David. En attendant, elle relance Baguette.

— Tu en es où avec la filature de Sylvain ?

— Nulle part. Il n'est pas sorti depuis 3 jours. À ce propos, ton type s'appelle Sylvère Kancel, non Sylvain, d'après ce qui est marqué sur sa boîte aux lettres. Son courrier lui est bien adressé à ce nom.

— O.K. dit-elle seulement. Tu peux laisser tomber la filature et te concentrer sur mon autre affaire :

Seychan a été étranglé et balancé dans la Seine. Trouve-moi des témoins si tu peux.

Elle raccroche, un peu désarçonnée et s'apprête à envoyer un SMS à Sylvain — non, Sylvère ! —, qui ne l'a d'ailleurs pas recontactée depuis l'autre jour, quand elle reçoit une invitation de sa part à venir dans son duplex pour découvrir ses œuvres d'art. Sa réponse fuse : « Je suis plutôt partante pour venir chez vous voir vos tableaux, mais il faut qu'on parle, Sylvain. Ou devrais-je dire Sylvère ? » Elle pianote des doigts sur sa table de salon, impatiente de lire sa réponse.

« Voyons-nous à dix-sept heures, chère Bertrande, pour l'heure du thé. Vous pourrez me cuisiner aux petits oignons si vous le souhaitez, je ne me défilerai pas ! » Suivent alors son adresse et son code digital. Comme si elle les ignorait ! « Je viendrai, » lui envoie-t-elle, laconique, en songeant avec dépit que la vieille sera probablement là… Elle déjeune rapidement d'un plat de tagliatelles au saumon et se rend au commissariat du vingtième où travaille David, avec Laëtitia Mercadier.

Il l'attend dans son bureau. Comme c'est un as en informatique, il a collecté toutes les données dont la police dispose, sur les plans national et international. Il ouvre un fichier, qui récapitule tous les meurtres.

— Comme tu le vois, il y en a autant à l'étranger que sur notre territoire, maintenant.

— Une vraie pandémie ! Cela dit, je ne peux donner tort à ces justiciers, sauf quand ils se trompent de cible.

— Oui, c'est sûr. Le mobile ne fait aucun doute. Mais comme tu peux le constater, plus aucun assassinat de père Noël n'est à déplorer à Paris, depuis presque une semaine.

— Leur instigateur a dû prendre peur. En plus, d'autres ont pris le relais, ce qui doit le réjouir.

— Sans doute, concéda David. Mais s'il ne fait aucun faux pas, nous allons avoir du mal à le démasquer.

— À propos de faux pas, il se pourrait que le meurtre de Seychan soit un dommage collatéral : il pourrait avoir été témoin du crime aux Galeries Lafayette ou, du moins, avoir surpris ceux qui déposaient le corps du père Noël numéro 5 dans la chambre d'hôtel. Si mon intuition ne me trompe pas, il avait une maîtresse et devait l'attendre quand il a vu la scène.

— Oui, ton hypothèse tient la route. Ça vaudrait le coup d'aller interroger de nouveau le veilleur de nuit pour lui montrer une photo de ton disparu. Nos gars n'ont pas dû y penser sur le coup.

— Tu peux envoyer un collègue ? J'ai un truc de prévu tout à l'heure. Il a dû payer la chambre en liquide. Sa femme n'a pas remarqué de retrait suspect sur le compte joint, mais en investiguant, j'ai appris qu'il s'en était ouvert un dans une banque en ligne, dont elle ignorait l'existence.

— O.K. Je vais y aller moi-même, quand tu t'en partiras. Sinon, avec l'enquête menée, nous avons désormais une certitude en ce qui concerne la série des premiers meurtres : ils sont plusieurs à agir ensemble, je dirais au moins deux et leur chef. Le problème, c'est que les signalements donnés de nos possibles suspects sont bien trop vagues.

— Oui, ils ont sûrement un cerveau à leur tête.

— En revanche, pour les imitateurs, je pense que nous ne sommes pas loin d'en appréhender un à Paris. Je viens d'apprendre que nos collègues avaient logé celui d'Amiens et qu'ils allaient l'interpeller aujourd'hui. J'attends de leurs nouvelles d'ici ce soir.

— Ça ferait du bien au moral.

— À qui le dis-tu ! La commissaire a le préfet sur le dos et devine sur qui ça retombe...

— Je vois très bien, oui. Bon, j'y vais. Tiens-moi au courant. Je serai libre demain après-midi, a priori.

— Ça marche.

Ils se font la bise et elle s'éclipse.

Elle repasse chez elle pour se changer. Pour une fois, elle enfile une robe pull, des collants noirs et ses uniques bottines, avant de se maquiller discrètement et de se parfumer. En se regardant dans le miroir, elle ne se reconnaît pas.

— Qu'est-ce qu'il ne faut pas faire ! murmure-t-elle. À tout à l'heure, Rufus.

Il est 16 h 58 quand elle parvient devant l'immeuble de Kancel, un bâtiment ancien. Elle compose le code et attend.

— Je vous ouvre. Montez. C'est au quatrième.

Elle pénètre dans le hall et prend l'ascenseur, au charme désuet avec ses grilles, remarque-t-elle. Lorsqu'elle sonne à sa porte, il vient lui ouvrir en personne, prend son manteau et lui baise la main, en parfait gentleman.

— Je suis heureux de vous accueillir chez moi. Venez. Il l'emmène dans le salon, meublé sobrement, mais avec goût. Un immense sapin trône entre deux grandes fenêtres. Bertrande aperçoit un square et une silhouette métallique reconnaissable entre toutes.

— Vous avez vue sur la tour Eiffel, constate-t-elle.

— Oui, c'est appréciable. Et tous ces ornements féériques m'enchantent. J'adore Noël !

— Oui, je vois que vous n'avez pas lésiné sur les décorations.

— C'est l'œuvre de Tata Edmée, qui a pris beaucoup de plaisir à faire le sapin.

Celle-ci arrive justement avec un plateau qui embaume et deux assiettes de petits biscuits.

— Bonjour, Bertrande. Je suis ravie de vous revoir. Asseyez-vous. Connaissez-vous le thé Pu Erh ?

— Pas du tout ! Je ne suis pas très thé, voyez-vous…

— Vous m'en direz des nouvelles ! réplique-t-elle sans relever la remarque de leur invitée, qu'elle sert aussitôt. Sylvère et moi avons fait des scones et des sablés au chorizo, qui s'accordent merveilleusement avec.

— Vous cuisinez donc, Sylvère ? fait-elle en appuyant sur la fin de son prénom.

Celui-ci saisit l'allusion et rétorque :

— Oui ! J'apprécie beaucoup de tester de nouvelles saveurs et recettes. Quant à mon prénom, je l'ai légèrement modifié parce que, voyez-vous, je n'aime pas trop Sylvère, alors je me fais appeler Sylvain. N'y voyez rien de machiavélique…

— Ma foi, si vous le dites…

Elle porte la tasse à son nez pour sentir les arômes de ce thé spécial. Mais il est trop chaud pour le goûter. Elle le repose et attrape un sablé.

— Au fait, j'ai appris une nouvelle réjouissante : Gaëtan n'était pas un pédophile, comme la mise en scène de sa mort pouvait le laisser croire. Il a eu la malchance de remplacer un faux père Noël, ce dont le meurtrier n'était pas informé.

— Oh ! s'exclame Edmée. Quelle affreuse méprise !

— Je ne vous le fais pas dire…

Sylvère a blêmi. Il se force à formuler d'une voix blanche :

— C'est en effet une erreur regrettable, d'autant que le vrai pervers est dans la nature.

— Oui. J'ai d'ailleurs demandé au responsable de l'agence de le dénoncer.

Un silence suit ses propos. Edmée et Sylvère plongent le nez dans leur tasse. Bertrande se décide à goûter le sien. Drôles de saveurs… Un moment plus tard, Sylvère l'invite à venir découvrir ses tableaux.

CHAPITRE 6

(Le même jour)

Bertrande est rentrée vers quatre heures du matin, quittant le beau mâle qu'elle a emballé sans problème. Jamais elle ne passe une nuit entière avec sa conquête d'un soir : c'est une règle à laquelle elle ne déroge jamais. Mais elle a apprécié les mains entreprenantes de Quentin, un grand brun musclé aux yeux de braise, qui l'a accostée. Il a suffi d'un échange de regard pour l'attirer dans ses filets. Les yeux ne sont-ils pas le miroir de l'âme ? Bertrande s'est rendu compte assez jeune qu'elle aimait ce jeu et le pouvoir incroyable qu'elle détenait ainsi. Depuis, elle ne s'est jamais privée de s'en servir… Les sens apaisés, elle s'est endormie comme une masse, non sans avoir réglé son réveil à dix heures, n'ayant aucun client ce matin ; et lorsqu'il sonne, elle prend son temps, s'étire longuement, à la manière de Rufus, qui fait sa toilette à ses pieds, consciencieusement. Après une douche rapide, elle se prépare un café bien fort dans sa cafetière italienne.

Vêtue d'un jogging confortable, elle se rend à la gare pour retourner au pavillon, situé en proche banlieue. Là, elle tente de se remémorer toutes les personnes présentes. Ayant une excellente mémoire visuelle, elle parvient à revoir la tête de tous, méthodiquement, sauf qu'elle ne connaît pas le nom de chacun. Elle avait pourtant listé les invités, mais certains sont apparemment venus sans être conviés… comme ce Sylvain qu'elle va voir cet après-midi. Elle est résolue à découvrir qui il est vraiment, car elle a le sentiment qu'il lui cache quelque chose… Ce faisant, elle s'occupe de tout ranger, remet son bureau en place et passe l'aspirateur. Puis elle écoute son répondeur professionnel. Aucune demande de rendez-vous. Elle va pouvoir se consacrer à son enquête sur les trois meurtres identiques. Elle a hâte d'avoir les photos et les résultats de l'autopsie du dernier en date. Juste avant de partir, elle imprime la fameuse liste réclamée par ses ex-collègues et décide de passer les voir, puisqu'ils veulent ses empreintes.

Elle reprend le train. Le commissariat de quartier où elle a travaillé pendant vingt ans est à la périphérie de Paris. Chaque fois qu'elle y entre, les remugles propres à ce genre d'endroit — mélange de dossiers poussiéreux et de détergent, de clopes fumées à la fenêtre aussi — lui rappellent de nombreux souvenirs, à la manière d'une madeleine proustienne, en moins glamour… Elle salue la jeune recrue à l'entrée et grimpe directement au premier étage où se trouve le bureau de Rolland et Mattéo. Comme ils n'y sont pas, elle se rend dans la salle commune, qui sert de lieu de réunion et comporte une antique machine à café. Bingo ! Ils sont bien là.

— Salut, les gars ! Je vous apporte les renseignements demandés. Ton rencart s'est bien passé, Mattéo ?

— Carré blanc, réplique celui-ci avec un sourire coquin.

— On t'offre un café ?

Bertrande grimace. Elle connaît son goût, c'est un infâme jus de chaussettes…

— Non merci. Je viens d'en boire un, se justifie-t-elle.

Elle les accompagne ensuite pour qu'ils prennent ses empreintes et accepte leur proposition de déjeuner ensemble à la brasserie du coin. Là encore, des images anciennes, associées aux odeurs, remontent. Aujourd'hui, le plat du jour est de la potée. Ils discutent de leurs boulots respectifs et de l'enquête, qui risque de concerner bientôt tous les postes de police de Paris, avec les révélations de Mercadier aux journaleux.

— Cette histoire de père Noël est dingue ! commente Rolland. Tu as l'air d'être déjà bien informée.

— J'ai encore pas mal d'entrées dans notre grande famille, vous savez !

— Ouais, on se doute…

— Mais je compte sur vous pour faire preuve de discrétion. Je suis sûre que aurons l'occasion d'en reparler ensemble.

— Nous serons des tombes, assure Mattéo, avec un geste mimant la fermeture, devant sa bouche.

Après le plat et l'incontournable expresso, le trio se sépare avec une accolade et la promesse de se revoir bientôt. Bertrande les regarde rentrer au poste et s'éloigne en marchant tranquillement. Avant son rendez-vous avec Sylvain, elle a encore du temps. Et si elle appelait son pote flic ?

Il décroche deux sonneries plus tard.

— Salut David, tu as du nouveau ?

— Je vais pouvoir t'envoyer par mail les photos de la scène du troisième crime.

— C'est sympa. Si tu veux, on se retrouve pour boire un café, à moins que tu ne sois trop pris.

— C'est bon, mais pas longtemps. Je t'apporte un double du dossier papier, alors. À l'endroit habituel ?

— Oui, j'y serai dans un quart d'heure.

Le lieu où elle se rend à pied est un bistrot de quartier, où l'ancienne flic rencontrait son indic. Elle fait d'ailleurs toujours appel aux services du surnommé *Baguette*, à cause de sa taille fluette. Il ne paie pas de mine, mais se faufile partout. Elle l'avait arrêté deux fois pour un vol à la tire et ils ont conclu un deal : elle effacerait les charges qui pesaient contre lui en échange d'informations. Voilà déjà dix ans qu'il collabore avec elle… Lorsqu'elle entre dans ce bar qu'elle a connu enfumé, elle ne l'aperçoit pas cependant. Le gérant, un barbu aux tempes grisonnantes, la reconnaît et elle s'accoude au comptoir.

— Quoi de neuf, Gérard ? s'enquiert-elle.

— Bah, la routine. C'est à toi qu'il faut demander ça. On ne te voit plus très souvent.

— Depuis que j'ai quitté la police, je me suis mise à mon compte. D'ailleurs, je t'ai laissé ma carte, il y a quelque temps.

— Oui, c'est vrai. Et ça marche ?

— Disons que je m'en sors. Mais n'hésite pas à m'envoyer des clients.

David survient à ce moment-là. Vêtu de son habituel blouson de cuir noir, qu'il vente ou qu'il neige, avec une écharpe aujourd'hui, il ressemble plutôt à un loubard qu'à un policier, les chaînes en moins. Mais il a des tatouages sur chaque biceps, représentant des signes ésotériques et un dragon dans le dos. Elle le sait parce qu'elle boxe régulièrement avec lui. Ils se sont « reconnus » tous les deux, la première fois qu'ils se sont affrontés sur le ring : une étonnante pugnacité les anime et le même sens de la justice. C'est pourquoi ils ont toujours plaisir à se rencontrer.

— Salut ! Tu vas avoir de quoi cogiter avec les photos, lui dit-il sans préambule.

— J'ai du temps, ça tombe bien.

— Tu viens quand à la salle, que je te mette une rouste ?

— Fais voir tes mollets ? réplique-t-elle, du tac au tac. C'est bien ce que je pensais, des mollets de coq. Je te prends quand tu veux.

— Des promesses, des promesses… Moi, je veux des actes, poursuit-il, sur le même ton.

— Attends-toi à manger tes gants, rétorque Bertrande.

Ils rient tous les deux, puis évoquent l'affaire, à mots couverts, avant de se quitter.

Elle retourne tout droit chez elle pour étudier les photos que lui a apportées David. Ainsi qu'il le lui a dit, c'est le même mode opératoire, mais c'est dans le vingtième arrondissement, cette fois. Elle étale les clichés par terre et les compare avec ceux qu'elle a déjà. Revoir encore son frère dans cette macabre posture lui déchire le cœur, mais elle doit mettre ses sentiments de côté si elle veut avoir un regard objectif… Elle se concentre et remarque plusieurs autres différences : l'homme assassiné est plus âgé que les deux premiers, les marques sur ses poignets semblent indiquer qu'il a été ligoté et il a également des ecchymoses. Sans doute s'est-il débattu. L'autopsie lui en apprendra davantage. Patience…

Elle doit maintenant se changer. Pas de robe, elle réserve cette tenue à ses sorties nocturnes. Sur une pile de dix, elle choisit un jean noir et un pull rouge au décolleté bateau, qui mettra en valeur son opulente poitrine. Un train de crayon khôl pour souligner son regard et, pour seul bijou, un pendentif en cristal qui lui vient de sa mère.

Elle prend le métro pour se rendre au salon de thé indiqué et y parvient à 16 h 59. Apparemment, elle est la première, mais elle ne patiente pas longtemps. À 17 h 03, Sylvain fait son entrée. Comme il se dirige vers elle, elle se lève pour lui serrer la main. De nouveau, elle apprécie sa mise : pantalon de flanelle, bottines, écharpe et manteau de laine.

— Bonjour, Sylvain. Je vous avoue que j'étais très impatiente de vous revoir.

— Eh bien, me voilà !

— Pardonnez ma curiosité, mais une question me turlupine : comment avez-vous su pour la cérémonie que j'ai organisée pour mon frère ? Vous n'étiez pas sur la liste des gens à qui j'ai envoyé une invitation...

— Le bouche à oreille, dans le milieu artistique, tout simplement.

Une serveuse arrive pour prendre leur commande.

Tous deux prennent une tartelette au citron, mais lui opte aussi pour un baba au rhum, accompagné d'un thé aux épices, tandis que Bertrande préfère un chocolat chaud et un opéra.

— Qui connaissez-vous dans ce milieu ? Attaque-t-elle, dardant sur lui son regard perspicace, dans lequel brille une flamme hypnotique.

— Vous ne lâchez rien, réplique-t-il amusé.

— C'est mon côté flic. Alors ?

— Comme je vous l'ai dit, j'ai rencontré votre frère par le biais de son collaborateur, Jean-Daniel, voilà un an environ, brode-t-il. Des clients voulaient organiser une vente de charité et nous nous sommes revus plusieurs fois pour parler affaire, mais aussi de façon plus informelle. Votre frère m'était très sympathique et ses idées me plaisaient beaucoup.

— Une vente de charité ? C'était quand, précisément ?

Sylvain sourit. Il se doutait bien qu'elle allait demander des précisions. Aussi lui donne-t-il satisfaction, indiquant aussi les noms des personnalités qui y ont participé.

— Une dernière question, si vous le permettez : puisque vous affirmez connaître Gaëtan, dites-moi quel était son plat favori. Avec ce qui lui est arrivé, comprenez que je me méfie !

— Je dirais la moussaka. Mais, de façon générale, il aimait toutes les cuisines méditerranéennes.

Comme Bertrande arbore une moue appréciative, la serveuse apporte leur commande. Le bel homme métis sourit alors, dévoilant une dentition parfaite.

— Dégustons ces gâteaux, maintenant que la partie inquisition est terminée.

Impressionnée agréablement, Bertrande lui décerne son regard de velours et porte à sa bouche, très sensuellement, un morceau de tartelette.

— Elle est excellente, apprécie-t-elle, sans le quitter des yeux.

— En effet, confirme-t-il, en buvant une gorgée de thé, avec grâce.

— Vous venez souvent ici ? s'enquiert-elle en l'imitant avec sa tasse qui embaume.

— De temps à autre, oui. C'est une bonne adresse. Comment est votre chocolat ?

— Délicieux.

Elle passe une langue gourmande sur ses lèvres. Cet homme lui plaît, même si avant de lui accorder sa confiance, elle doit vérifier ses dires auprès de Jean-Daniel.

— Et quel est votre métier, au fait ? ne peut-elle s'empêcher de lui demander.

— J'ai différentes activités...

— Comme ?

— Ni retraité, ni chômeur...

Bertrande hausse un sourcil circonspect.

— Je vais, je viens... Rien ne me définit vraiment, professionnellement parlant. J'expérimente parfois, pour le plaisir de découvrir toutes les facettes d'un métier. Le dernier en date, livreur. Mais mon scooter a subi un refus de priorité à droite qui a mis fin à notre collaboration. J'avais quand même eu le temps de livrer votre frère plusieurs fois... Très friand des plats de ce resto libanais de la rue de la Boétie, d'ailleurs !

— Vous avez des hobbies ?

— Oui. Je suis amateur d'art.

— Oh ! C'est un domaine que je connais mal. Moi je suis plus littérature. Vous pourriez peut-être m'initier ?

— Pourquoi pas ? En échange, vous me parlerez des livres que vous aimez.

Une demi-heure plus tard, ils se quittent en se fixant un autre rendez-vous. Lorsque Bertrande retrouve son chat, elle se confie à lui :

— Rufus, ce Sylvain me plaît et m'intrigue tout à la fois. Je vais le revoir.

CHAPITRE 12

(Le même jour)

Hier soir, après la visite de la galerie et le baiser donné, Bertrande a eu bien du mal à s'endormir. Elle a même failli se relever pour se rendre dans son bar de nuit favori... Mais son gros matou est venu se coller à elle en ronronnant, ce qui a apaisé ses tensions. Elle en a oublié de recontacter Jean-Daniel... Aussi, ce matin après sa douche et un café serré, elle l'appelle, en espérant qu'il lui réponde cette fois.

Après quatre sonneries, il décroche.

— Salut Bertrande. Alors, que voulais-tu me demander ?

— Tu connais un dénommé Sylvain qui vous aurait engagés pour organiser un gala de charité avec des célébrités ? Tu l'as peut-être reconnu, un beau gosse métis qui boite légèrement, habillé avec élégance : il était là à la cérémonie et à l'enterrement de Gaëtan, avec qui il prétend être devenu ami. D'ailleurs, ça me fait penser que j'ignore son nom de famille. Tu l'as forcément dans tes fichiers.

— Euh… Oui. En effet, Gaëtan et moi avons été en relation avec ce Sylvain. Je vérifierai son patronyme, si tu veux…

— Oui. Transmets-moi tout ce que tu as sur lui.

— Je m'en occupe dès que possible. Bonne journée.

À peine a-t-il raccroché qu'il jure. Il a encore des sueurs froides en se souvenant du type masqué qui l'a coincé dans le parking souterrain. Il l'a menacé de révéler qu'il avait été accusé de harcèlement et de viol par une stagiaire, dix ans auparavant, s'il ne suivait pas à la lettre ses instructions sur un certain Sylvain. « La sœur de Gaëtan va vouloir se renseigner sur lui. Vous n'aurez qu'à lui envoyer le fichier sur cette clé, et tout cela restera entre nous ». L'affaire avait beau avoir été classée sans suite, grâce à un ténor du barreau, Jean-Daniel n'en menait pas large. Il n'avait pas envie que sa dulcinée l'apprît et avait promis en tremblant de faire tout ce que l'inconnu lui ordonnait. Perturbé, il avait fait la sourde oreille jusque-là aux appels de Bertrande, mais s'était résigné à lui répondre, sachant qu'elle ne lâcherait pas le morceau. Cette femme était un vrai pitbull, comme se plaisait à le dire Gaëtan lui-même. « Il vaut mieux pour nous de rester dans le droit chemin, je t'assure ! », avait-il plaisanté un jour.

Jean-Daniel tergiverse un long moment, avant de se mettre devant son ordinateur. Il prie alors pour que le fichier en question soit sans faille. Il le parcourt et constate que tout a l'air correct, hésite encore un instant, puis appuie sur « Envoyer ».

Pendant ce temps, la détective consulte ses mails personnels : Paul lui a fait parvenir les photos prises lors de l'adieu privé à son frère et celles d'hier. Elle passe une bonne heure à les examiner. Elle a beau scruter les clichés, elle ne voit rien de louche… Elle se décide à les envoyer à ses ex-collègues. Peut-être qu'avec un œil neuf, ils verront un détail qui lui a échappé… Dans sa messagerie pro, elle trouve une demande de rendez-vous pour la disparition d'un mari.

— Encore un qui s'est tiré avec sa maîtresse ! ricane-t-elle à mi-voix.

Mais il faut bien qu'elle paie ses factures… Elle propose alors à la femme de la rencontrer à 14 h, à son bureau.

Il est à peine 9 h 30 quand son téléphone lui annonce un SMS entrant. Il est de Julie :

« Coucou ! Rebondissement dans l'affaire des pères Noël ! Cette fois, nous avons eu une livraison à domicile ! Rien de très excitant, cela dit. Il s'agit d'un pénis manquant. Sans doute celui du numéro 5 sur lequel je suis. Je te dirai. Bises. »

Bertrande lui répond aussitôt :

« Merci pour l'info, ma belle. La bonne nouvelle, c'est que le ou les meurtriers, car ils travaillent peut-être en équipe, l'ont déposé devant la morgue parce que la police surveille les proches. Ils ont donc la trouille de se faire pincer. La question est : cela va-t-il être suffisamment dissuasif ?

« Nous le saurons bientôt. Fais-moi signe quand tu seras libre pour un dîner. »

Son amie lui envoie une émoticône au pouce levé, suivi d'un autre avec un visage souriant.

Une heure plus tard, alors qu'elle s'est décidée à faire un peu de ménage, son téléphone sonne. C'est David, cette fois. Elle pressent qu'il va lui apprendre un nouveau crime.

— Salut ! On nous a appelés ce matin pour la découverte d'un corps dans le 3e. Selon les papiers retrouvés dans sa veste, il s'agit de Luc Chaumeton, 55 ans. La mise en scène est identique aux précédentes, mais certains détails ne collent pas, notamment la déco : elle semble avoir été bâclée.

— Le tueur a été dérangé ? suggère l'ancienne flic.

— Je ne pense pas… Ça manquait surtout de méticulosité. Je dirais plutôt que nous avons affaire à un ou mêmes plusieurs *copycats*, beaucoup moins soigneux. Car figure-toi que j'ai un autre scoop : depuis, nous avons quatre cadavres supplémentaires de faux pères Noël, l'un dans le 5e — c'est dans ton arrondissement, ça… —, mais aussi un à Lyon, un à Annecy et un à Amiens.

— Mais c'est une hécatombe ! En tout cas, ta théorie est intéressante et je vais ouvrir l'œil quand je sors de chez moi. Je suppose que toutes les brigades et commissariats sont sur les dents.

— Comme tu dis ! On a tous pour consigne de rameuter nos indics et de trouver une piste par tous les moyens.

— J'imagine, oui ! D'ailleurs, je vais contacter le mien. Si jamais vous avez besoin de moi, n'hésite pas. Je serai dispo vers 15 h 30.

— Ça marche. Un coup de main ne serait pas de refus. On se retrouve chez Gérard et je te fais un topo ?

— D'accord. À tout à l'heure.

À midi, comme elle se fait réchauffer un plat de lasagnes surgelé, elle vérifie ses mails. Jean-Daniel lui a-t-il transmis des informations sur Sylvain ? En effet, il a tenu parole. Elle a les dates des rendez-vous et de l'événement organisé, ainsi que le nom des personnalités et celui de Sylvain. Tout semble en ordre. Elle n'a aucune raison de douter de l'associé de son frère.

Avant de partir pour rencontrer sa cliente, Marielle Seychan, elle envoie un SMS à *Baguette*.

« Que donne ta filoche ? »

« Pas grand-chose. J'étais devant chez ton gars à 8 h 30, mais a priori, il n'est pas sorti de chez lui, ce matin ».

« Reste encore un peu et retrouve-moi chez Gérard à partir de 16 h ».

Elle fait un dernier câlin à Rufus, qui ronronne comme une vieille locomotive, et chausse ses baskets. Alors qu'elle ferme sa porte à clé, elle entend des gens parler dans la montée d'escaliers, qu'elle descend lentement, contrairement à son habitude. Elle reconnaît deux voix féminines de l'immeuble, en train de discuter des récentes informations, qui suscitent apparemment bien des commentaires, voire une certaine psychose. D'ailleurs, l'une des deux vieilles l'interpelle.

— Dites, madame Thouvenin, vous qui êtes enquêtrice, vous êtes bien au courant des meurtres de pères Noël ?

Ennuyée, celle-ci rétorque :

— Oui, mais il ne faut pas vous inquiéter. Ces assassinats ne concernent que ceux qui endossent un costume de père Noël. Passez une bonne journée.

Elle se hâte de sortir et trottine jusqu'au métro.

Lorsqu'elle arrive devant son pavillon, cinq minutes avant le rendez-vous, elle aperçoit une femme d'une quarantaine d'années, presque aussi grande qu'elle, au long nez.

— Bonjour, je suppose que vous êtes madame Seychan.

— Oui, merci de me recevoir.

La détective la fait entrer et l'écoute exposer les faits.

— Donc votre mari est parti travailler il y a trois jours et il n'est pas reparu. Il ne vous a pas envoyé de messages non plus.

— C'est ça. Ce n'est pas son style, voyez-vous.

— Et vous n'avez aucune idée d'où il a pu se rendre ?

— Non… J'ai alerté ses parents et toutes ses relations. J'ai même contacté les hôpitaux et enfin la police, avant-hier, qui a pris ma déposition. Mais je n'ai aucune nouvelle depuis… Alors quand un collaborateur de Matthieu m'a parlé de vous, j'ai décidé de faire appel à vos services.

L'épouse abandonnée triture son mouchoir dans ses mains et des larmes perlent à ses yeux.

— Vous m'avez apporté une photo ?

— Oui, tenez.

Bertrande la prend : c'est un homme brun, aux tempes grisonnantes. Son sourire le rend séduisant, ce qui renforce la première idée de la détective : il est parti en goguette avec une autre. Cependant, elle garde cela pour elle et la glisse dans une pochette neuve.

— Je vais voir ce que je peux faire.

Elle lui demande ensuite tous les renseignements utiles, notamment sur les relations qu'elle entretenait avec son mari, et les consigne dans un fichier vierge. Elle termine leur entrevue en lui annonçant ses tarifs et lui promet de la recontacter dès qu'elle a du nouveau.

Comme prévu, elle se rend alors dans le petit bar où elle a ses habitudes. David est déjà là et commande deux cafés. Il lui expose alors tous les éléments dont il dispose et l'invite à enquêter avec lui dans le 5e, puisque c'est son quartier. Son ex-collègue accepte.

— Mais avant, je dois voir mon indic. (Elle consulte sa montre.) Il ne devrait pas tarder.

— Ça marche. Rejoins-moi devant chez toi dès que tu as fini.

Le surnommé *Baguette* fait son entrée peu après, avec son éternel jeans crasseux, ses santiags et son bonnet noir, d'où débordent des cheveux blonds, filasse.

— Salut ! Alors, toujours rien à signaler ?

— Non. Je me suis pelé le cul devant chez lui jusqu'à maintenant.

— Continue quelques jours. J'ai un autre truc à te demander. (Elle sort la photo de Matthieu Seychan.) Ce type a disparu il y a 3 jours. Rencarde-toi et dis-moi si quelqu'un l'a vu. Je te l'envoie sur ton portable.

Baguette roule des yeux et arbore une moue ennuyée sur son visage glabre.

— 3 jours ? Ça commence à faire…

— Je sais, mais c'est comme ça. Et si par hasard tu as des infos sur l'affaire des pères Noël, je suis preneuse. Qu'est-ce que je t'offre ?

— Une bière.

Elle passe commande et lui glisse cent euros.

— Pour tes frais. Tiens-moi au jus, je dois y aller.

Son indic hoche la tête, tandis qu'elle regagne le cinquième.

David et elle usent leurs semelles jusqu'au soir, à interroger tous les gens du voisinage. À 19 h 30, ils jettent l'éponge — la récolte n'a rien donné de probant — et vont dîner dans une crêperie du coin.

— On remet ça demain matin si tu veux, suggère l'ancienne flic.

David acquiesce et lui souhaite bonne nuit.

En rentrant Bertrande s'affale sur son canapé avec Rufus et se met un vieil épisode de Columbo. Elle l'a déjà vu, mais c'était il y a longtemps et elle ne se lasse pas de la personnalité de ce flic qui ferre ses proies en feignant la maladresse et la distraction. Il est 10 h 33 quand le jingle de son portable la fait sursauter. Qui peut-ce être à cette heure ? Serait-ce Sylvain ?

Gagné !

« Bonsoir Bertrande ! Une sortie demain après-midi au Palais-Royal, ça vous tente ? Je voudrais vous montrer quelque chose. 14 h ? »

« Volontiers. À demain ».

Elle se couche en pensant aux lèvres charnues de son rendez-vous. Cela lui fera une distraction, après son enquête de voisinage avec David.

CHAPITRE 20

(Le lendemain, 20 décembre)

En ce matin du 20 décembre, Bertrande s'étire langoureusement et sourit en caressant Rufus qui vient de la réveiller en ronronnant comme un vieux diesel. Ces deux derniers jours ont été très plaisants : d'abord le dîner avec Julie, toujours aussi rafraîchissante et libérée — elle adore son petit côté déluré —, et hier, elle a revu la vidéo de l'hôtel avec David, qui lui a montré un agrandissement du type de dos :

— Je l'ai entré dans le TAJ et bingo ! Il avait été arrêté pour un vol, dans sa jeunesse. Et donc, voici l'identité de notre homme.

Avidement, son amie a lu son nom : Gontran Boutron.

— Génial ! On a son adresse au boulot ? Je doute qu'il soit chez lui à cette heure.

— Oui, il travaille dans une grande surface comme chef de rayon. Je t'attendais pour qu'on y aille ensemble. C'est en périphérie, tu t'en doutes.

— Alors c'est parti !

Ils sont descendus tous les deux. Une fois dehors, David lui a montré sa nouvelle Kawasaki, non sans fierté, puis a ouvert son coffre d'où il a sorti un casque. Elle l'a saisi et a grimpé derrière lui sans attendre, tout en commentant :

— Ça fait un bail que je n'ai pas fait de moto.

— Accroche-toi !

Cette traversée de Paris a enchanté Bertrande, malgré le froid, et elle a apprécié les gants que Sylvère lui a offerts. Quand ils se sont présentés à l'accueil pour réclamer le dénommé Boutron, ils ont dû patienter dix bonnes minutes. Enfin, ils l'ont aperçu, mais au même moment, celui-ci a pris la tangente. Avait-il flairé leur fonction ?

Ils se sont rués à sa poursuite, mais l'homme connaissait bien le magasin et ils l'ont perdu dans ses méandres jusqu'au parking sous-terrain sur plusieurs étages et quasiment plein. Impossible de discerner le fuyard, c'était chercher une aiguille dans une botte de foin ! David a juré en se tenant les côtes et en soufflant.

— En tout cas, s'il s'est enfui, c'est qu'il a quelque chose à se reprocher. Mais il va sûrement devoir repasser chez lui. Tu fais surveiller son domicile ?

— Bien-sûr j'envoie deux de mes hommes immédiatement. (Il a joint ses collègues et s'est retourné vers elle.) Tu veux que je te dépose ?

— Oui, au club de boxe. J'ai pris mes affaires, lui a-t-elle dit en lui désignant son sac à dos. Ça ne te dit pas de venir ?

— J'aurais bien aimé, mais je suis de service, au cas où tu l'aurais oublié.

— Oups ! Oui, pardon. Tu m'appelles quand tu as du nouveau ?

— Évidemment !

La séance à la salle a fait un bien fou à la quadragénaire qui s'est défoulée. Une douche plus tard, elle est rentrée chez elle et s'est fait à déjeuner, non sans guetter son téléphone. Elle avait hâte de confondre Boutron.

Elle s'est ensuite reposée sur son canapé devant une série dont on lui rebat les oreilles depuis un moment : « Dexter », le fameux psychopathe. Mais jusque-là, elle a rechigné, aimant bien être à contre-courant ; sans doute son côté anticonformiste. Pourtant l'ex-policière s'est prise au jeu et a visionné les quatre premiers épisodes. Elle a dû se forcer pour éteindre son poste et a secoué la tête en se traitant de « pire qu'une ado ». Elle a alors appelé son ami photographe pour lui faire part de ses impressions, car il lui avait reparlé récemment de la série, s'étonnant qu'elle n'ait pas encore « craqué ».

— Salut ! Tu vas être content ! J'ai commencé « Dexter ». J'avoue que tu avais raison, c'est bien fichu, vraiment addictif !

Paul a laissé entendre un petit rire.

— Je savais que tu finirais par y mettre le nez. Comment vas-tu, sinon ?

— J'avance peu à peu dans mon enquête sur la mort de Gaëtan. Je suis même sur une piste sérieuse. Attends, je t'envoie un truc.

Elle a ouvert son ordinateur et en quelques clics, la galerie de photos s'est retrouvée sur celui de Paul.

— Waouh ! D'où tu les sors ?

Elle l'a informé sur les circonstances du décès du mari de sa cliente et lui a expliqué son raisonnement.

— Je me demandais d'ailleurs si tu en connaissais dans le lot, à part Gaëtan, je veux dire. Tu avais sûrement senti son attirance pour les hommes, non ? D'ailleurs, il ne s'en cachait pas…

— Disons que j'avais des doutes, mais je ne l'ai rencontré que deux fois, alors…

— Oui, et ce n'est pas ce qui le définissait principalement… En plus, ce n'étaient pas mes oignons… Je te laisse regarder attentivement tous ces mâles bourrés de testostérone. Rappelle-moi si l'un d'eux te dit quelque chose. Au fait, tu fais quoi pour Noël ?

— Comme d'hab : je vais chez ma sœur.

— Et moi chez mes parents. On se voit avant si tu peux ?

— D'accord. Le 22 au soir, je suis libre.

— Moi aussi pour l'instant. Alors à après-demain.

Après un peu de rangement, elle a passé le reste de sa soirée d'hier en compagnie de Dexter. Elle ne se souvient même pas avoir fait des cauchemars !

Son réveil affiche maintenant 9 h 22. Il est temps de se lever. Après son rituel habituel, elle constate avec dépit que son téléphone est muet, concernant Boutron. Elle se lève et ouvre en grand la fenêtre de son salon, pour aérer. *Il fait un froid de canard*, songe-t-elle. Elle préférerait encore qu'il neige… C'est beau les petits flocons qui virevoltent et le paysage devient d'une douceur ouatée, les bruits eux-mêmes sont atténués… En se retournant, elle grimace en apercevant une bourre de poils roux se promener sous la table de salon.

— Rufus, sac de poils ! Je vais devoir passer l'aspirateur.

Dès qu'il la voit sortir l'engin du placard, il va se réfugier sur le lit de sa maîtresse. Mais la chambre n'est pas épargnée et elle le déloge pour secouer sa couette. Quand elle a terminé, elle referme sa porte et s'habille.

— Je vais faire les courses. Sois sage.

Comme il la fixe de ses grands yeux ambrés, depuis le canapé, elle ajoute :

— Oui, je n'oublierai pas tes croquettes.

De retour, elle range tout et se prépare le poisson frais qu'elle a acheté, avec des épinards en branches et des pommes vapeur. Rufus, alléché par l'odeur, tourne autour de la table.

— Ce soir, je vais dîner avec Sylvère-Sylvain et cette fois-ci, il sera seul, donc il y a moyen que la soirée devienne intéressante, tu ne crois pas ?

Le chat angora miaule en réponse. Elle rit.

— Je sais que tu me comprends. Cela dit, si quelqu'un nous observait, il me prendrait pour une vieille fille gâteuse.

Durant l'après-midi, elle va faire un footing et se savoure une douche bien chaude, avant de se préparer. Elle soigne son maquillage, se parfume et enfile des sous-vêtements sexy, des Dim up, une jupe longue portefeuille — la seule qu'elle ait — et un chemisier cintré.

Avant de partir, elle sort du frigo le carton qui vient de sa pâtisserie favorite. Cette fois, elle a choisi des gâteaux aux noms exotiques : des « Shazadeh », un biscuit moelleux à l'amande, parfumé à l'eau de rose, et des « Kashmir » à base de datte, orange, vanille et safran. Elle verse ensuite des croquettes dans la gamelle de Rufus et vérifie qu'il a encore de l'eau.

— À demain, mon gros.

★

Quand Sylvère-Sylvain lui ouvre la porte, toujours très élégant, c'est son parfum boisé qu'elle sent d'abord, suivi de délicieux effluves qui se répandent dans l'appartement.

— Bonjour Bertrande, entrez !

Comme elle lui tend son carton, il le saisit, puis s'efface devant elle et avant de prendre son manteau.

— Huuum ! Ça embaume ici ! commente-t-elle en le suivant au salon.

— J'espère que le menu vous plaira. Asseyez-vous, je reviens.

Il apporte des toasts aux couleurs variées et lui demande si du champagne lui convient.

— Parfait, mais je ne réponds de rien avec les bulles : elles ont un effet euphorisant sur moi.

Sylvère laisse échapper un petit rire.

— Un peu d'euphorie ne peut pas faire de mal.

— À vos risques et périls, rétorque-t-elle, avec un air mutin.

Il leur sert deux coupes.

— Levons nos verres à l'esprit de Noël, voulez-vous ?

Bertrande acquiesce sans grande conviction... Son hôte lui tend alors un petit triangle.

— Dites-moi ce que vous pensez de cette mignardise.

Elle approche sa bouche et il est obligé de la poser dedans, effleurant ses lèvres au passage.

— C'est très fin et onctueux, approuve-t-elle. C'est du crabe avec du fromage frais ?

— En effet, et assaisonné avec un mélange de cinq baies.

— Et celui qui est vert ?

— Je vous laisse deviner.

Lorsqu'ils terminent le jeu des saveurs, ainsi que la bouteille de champagne, Sylvère suggère de passer à table.

— Aimez-vous la cuisine épicée ?

— Oui !

— Me voilà rassuré. Je nous ai concocté un sauté de crevettes aux épices, accompagné de nouilles chinoises et de petits légumes.

— J'en salive d'avance.

Il leur sert un verre de blanc bien frais.

— C'est un Bourgogne. Vous le connaissez ?

Bertrande lit l'étiquette : « Puligny-Montrachet ».

— J'ai déjà entendu cette appellation, mais je vous avoue que je ne m'intéresse pas assez au vin pour garder les noms en mémoire.

Durant le repas, tous deux se détendent, l'alcool aidant. Les yeux de Bertrande brillent et se font caressants. Sylvère la questionne alors sur l'endroit où elle va fêter Noël.

— Je serai en famille, et vous ?

— Je dois aussi voir ma sœur.

— Vous croyez que le tueur principal, je parle de celui qui a assassiné mon frère, en a terminé ? Nous n'avons pas eu de nouveau cas de sa part.

— Je ne jurerais de rien, vu le nombre de pervers qui sévissent… N'oubliez pas que c'est un justicier.

— Dommage alors qu'il se soit trompé avec Gaëtan.

— En effet… C'est une terrible méprise. Et si nous changions de sujet ? Je vais chercher la pâtisserie.

Comme elle se lève pour l'aider à débarrasser, il proteste, mais elle le suit dans la cuisine.

— J'ai une autre idée pour le dessert, susurre-t-elle en le coinçant contre l'évier.

Elle approche sa bouche de la sienne, sans le quitter du regard.

— J'aime votre parfum, murmure-t-elle encore, en posant ses lèvres sur les siennes.

Sylvère semble subjugué et se laisse faire. Elle enroule sa jambe autour de la sienne et se presse contre lui.

Il lui rend son baiser et l'entraîne jusque dans sa chambre, en se disant, toujours très pragmatique, qu'il a bien fait de s'arrêter à la pharmacie hier. Là, c'est elle qui prend les commandes et le déshabille. Sa dextérité ne fait aucun doute… Les vêtements des deux partenaires sont bientôt à terre. La main de Bertrande apprécie ses abdos musclés et bien alignés quand il tend la main vers la table de nuit pour attraper un préservatif. Elle s'en empare aussitôt et se positionne au-dessus de lui. Il se laisse faire dans un premier temps, car ce n'est pas désagréable !

Un peu plus tard, c'est lui qui s'emploie à la satisfaire.

Enfin, repus l'un de l'autre, ils se lèvent, assoiffés et affamés.

— Ces gourmandises tombent à point, déclare Sylvère, qui a enfilé un peignoir damassé très chic.

— En effet, nous avons bien fait d'attendre, réplique-t-elle avec un sourire coquin, et sexy dans la chemise de Sylvère, pour tout vêtement.

Quand ils ont terminé, ils observent un moment les lumières colorées des guirlandes du dehors.

— Resterez-vous dormir, très chère ?

— Ce n'est pas dans mes habitudes, mais je crois que je vais faire une exception.

CHAPITRE 9

(Deux jours plus tard, le 8 décembre)

Pas plus motivé que cela par la perspective d'aller à l'enterrement du frère de la grande bringue, Sylvère se hâte malgré de finir de petit-déjeuner : pour ne pas changer, Tata Edmée lui a apporté un plateau de denrées digne d'un hôtel quatre étoiles et dont il ne viendra pas à bout… Yoko et son humain seront, encore une fois, ravis d'en profiter à leur tour !

Quand il est fin prêt, canne et casquette plate en loden comprises, il prend quelques courtes minutes pour recontacter *Kiki*, usant du système de cartes SIM jetables dissimulées dans la cage d'escalier. Il ne l'a pas eue en direct depuis avant-hier matin.

— J'ai pas beaucoup de temps, *Diabolo* ! l'accueille-t-elle en décrochant.

— Moi non plus ! Quelles sont les dernières nouvelles ?

— Patrouilles, surveillance renforcée, analyse des vidéo-surveillances aux abords des zones à pères Noël…

— Apprends-moi plutôt un truc que je ne sais pas déjà, les médias ne parlent que de ça : la France entière est au fait, dorénavant, que *le psychopathe de l'avent* s'attaque à des pères Noël pédophiles aux mains baladeuses !

Elle soupire.

— Tu peux être aimable, aussi.

— Je te rends le compliment, très chère.

— Elle t'emmerde, ta *très chère* !

— Tout pareil, ma *Kiki*. « Cœur sur toi », comme disent les jeunes. Un retour quelconque, sur le nouveau protocole mis en place avant-hier par l'équipe ?

— Affirmatif. Le septième père Noël, pas le sixième. L'autre a dû flipper sa mère de devoir admettre qu'il est pédophile, on n'a pas eu d'échos. Mais tu connais les détails mieux que moi. Je peux t'envoyer une copie de ce que j'ai, si tu veux. D'ailleurs, vous ne vous êtes pas foulés, sur le choix du calendrier de l'avent : pas du haut de gamme, le chocolat…

— *L'ours* a pris du tout-venant en supermarché : pas le moment de se faire repérer chez le chocolatier du coin ! justifie Sylvère.

— Pas con. Le type d'hier a eu la frayeur de sa vie, semble-t-il, en découvrant la mise en scène sur son lit, dans son appart ! Je plussoie la flaque de faux sang dans laquelle baignait le calendrier ouvert jusqu'à date, avec un couteau de cuisine en plein dedans et un bonnet de père Noël… Le message est clair : « Tu es le prochain ! ».

— N'est-ce pas…

— J'ai aussi un retour sur la boîte avec le pénis du numéro cinq, déposée devant la morgue : effectivement, plus discret que dans les familles des macchabées qui sont maintenant sous surveillance également. Tu veux le rapport ?

— Non, ça ira.

— Rien d'autre ?

— Négatif.

— Reçu.

— Terminé.

En chemin pour l'enterrement, avant de prendre le métro qui le conduira à la station Exelmans, il passe chez le fleuriste. Pas pour Gaëtan (il part du principe que les cadavres n'en ont rien à cirer… et puis, faut pas pousser, quand même : c'était un pervers, et c'est bien pour ça qu'il est mort et qu'il a eu la verge tranchée !), ni même pour la *Mante Religieuse* : il a cru comprendre, lors de leur *date* de l'autre jour, qu'elle n'est pas très « fleurs » ! Non, il choisit une présentation de jacinthes (bleues, ses préférées) pour Félixine, sa sœur, dont c'est l'anniversaire.

— Pour la livraison, c'est sur son lieu de travail : au cabinet du Dr Kancel, précise-t-il au jeune fleuriste qui note ensuite l'adresse.

— Pas d'horaires particuliers ?

— Avant dix-huit heures, dans la mesure du possible. Vous pouvez ajouter ceci dans le paquet ?

s'enquiert-il en lui tendant une enveloppe contenante une carte qu'il a rédigée hier, au calme.

Au moment de quitter la boutique, il se ravise et demande à ce qu'un petit bouquet garancé soit mis de côté : il passera le chercher plus tard, pour Tata Edmée. Avec le mal qu'elle se donne, sans compter le surplus de travail dû à Yoko et son humain, elle mérite bien cela !

★

Sylvère, redevenant provisoirement Sylvain, est déjà devant le cimetière d'Auteuil, mêlé à la foule venue rendre un dernier hommage au défunt, quand son portable vibre dans sa poche. Le corbillard n'est pas encore arrivé, il s'autorise à jeter un coup d'œil à l'écran, appuyé sur sa canne, au moment même où Bertrande déboule face à lui.

— Bonjour, Sylvain ! Merci d'être là !

Il affiche son plus beau sourire, du moins l'espère-t-il, malgré le contexte peu joyeux et lui rend son salut, tout en constatant que c'est Tata Edmée qui cherche à le joindre. Elle téléphone rarement, voire jamais ; il faut qu'il décroche. Il s'en excuse auprès de la grande bringue, s'éloigne de quelques pas pour prendre l'appel :

— Allô ?

— Ah, Monsieur Sylvère ! Je ne vous dérange pas ?

— Pas pour le moment, Tata Edmée.

— J'ai un petit souci assez urgent avec la liste de Noël de votre petit-neveu.

Interpellé par ces mots qui le mettent en alerte, Sylvère fronce légèrement les sourcils :

— Je vous écoute !

— Alors : on m'a dit que le robot n'est pas disponible. Il faudrait que vous regardiez rapidement pour vous renseigner sur l'ours ou le Kiki…

— Je vois… marmonne-t-il, réfléchissant promptement à comment il va pouvoir résoudre le problème de là où il est.

— Vous me tenez au courant, Monsieur Sylvère ?

— Je vais me renseigner, oui. Je vous remercie.

— Une dernière chose, si vous permettez…

— Je vous en prie… l'invite-t-il à poursuivre.

— C'est au sujet de la personne qui est hébergée dans votre chambre de bonne.

— Oui ?

Il serait bien étonné que Tata Edmée trouve quelque chose à redire à la présence du SDF dans l'immeuble ! Elle se montre généralement très chaleureuse et généreuse, bien plus que lui !

— Ce monsieur n'a plus rien à se mettre… D'autant que j'aimerais lui laver son linge ! Vous m'autorisez à lui prêter quelques-uns de vos vêtements, le temps que tout soit propre et sec ? Il me semble que vous faites pratiquement la même taille.

— Aucun souci, Tata Edmée, je vous fais confiance !

C’est un peu tracassé qu’il raccroche : si quelqu’un lui demande, par l’intermédiaire de *Tata Dildo*, de contacter *L’ours* ou *Kiki*, et qu’en plus *Le robot* n’est pas disponible, c’est qu’il se passe quelque chose de sérieux, dans l’équipe du projet. Or, il n’a pas de SIM d’avance sur lui… et il ne prendra pas le risque de joindre un membre avec son numéro perso, d’autant que la Bertrande l’observe en coin, cernée par une meute de gens du *show-biz* dont Sylvère a horreur…

D’ailleurs…

À ce propos…

Où est le fameux Jean-Daniel ? Il n’en a vu qu’une photo (fournie par *Le robot*) — et un rêve un peu glauque — et il lui tarde de lui mettre les points sur les i en *live* ! Du regard, à travers ses petites lunettes rondes, il le cherche discrètement, sans succès. Et déjà, Bertrande revient à la charge :

— Rien de grave, j’espère ? se renseigne-t-elle à son retour près de lui.

— Les fêtes de fin d’année approchent, sourit-il, et les enfants ont parfois des *desiderata* compliqués à gérer pour une vieille tantine qui se met la pression !

— Vous avez des enfants ? s’étonne-t-elle.

— Deux nièces et un neveu.

Elle le dévore des yeux. Il en serait presque amusé si le contexte n’était pas si sordide… Cela étant, il doit le reconnaître, lesdits yeux sont jolis. Mais il se sent comme un morceau de viande, et il n’apprécie pas trop cette sensation.

— Je n'ai pas vu Jean-Daniel, remarque-t-il d'un air surpris, il ne devait pas venir ?

— Je présume qu'il est en retard, comme toujours : avec la potiche qui lui sert de faire-valoir et qui met toujours des heures à s'apprêter…

Ils échangent un regard de connivence : Sylvère non plus n'aime pas du tout ce genre de personnes ultra-maquillées et ultrasophistiquées. Et d'après ce que *Le robot* lui a fourni comme infos sur l'entourage de Jean-Daniel, la potiche en question porte assez bien son surnom : une vraie caricature, à faire hurler de désespoir les féministes de tout poil, et pourtant, il déteste les stéréotypes !

— Je vous l'envoie dès que je mets la main dessus ? propose Bertrande.

Il se penche légèrement vers elle, prenant un air un brin canaille, et souffle :

— Jean-Daniel, n'est-ce pas ? Pas la potiche ? Je vous avoue que je ne saurais quoi faire de cette Chloé qui a autant de conversation qu'une huître…

Elle laisse échapper un éclat de rire qui fait se tourner vers eux l'ensemble de l'assistance. Elle se ressaisit promptement, bien que ses joues s'empourprent légèrement. Elle pose furtivement sa main sur son avant-bras :

— On se voit tout à l'heure… lance-t-elle avant de s'éclipser.

CHAPITRE 25

(Le même jour)

Tata Edmée, tout juste rentrée de son escapade dans le Perche vendômois, s'affaire pour préparer le dessert du souper, qu'elle passera avec son poussin adoré : si ce dernier refuse qu'elle opère des heures en cuisine en cette veille de Noël pour le repas — qu'il commande chaque année chez le traiteur afin de lui épargner tout le travail —, elle tient néanmoins à réaliser elle-même le clou de la soirée ! Cette fois, elle a opté pour une bûche légère aux marrons. Que serait le réveillon sans marrons et surtout, sans bûche ?

Elle a dans les mains le saladier de crème Chantilly qu'elle vient de battre quand son patron entre à son tour. Elle lève les yeux vers lui, prête à lui lancer une petite phrase taquine bien sentie dont ils ont le secret tous les deux, mais elle s'interrompt net en remarquant la mine décomposée de celui-ci, sa chemise tachée de rouge et sa main gauche sanguinolente qui goutte au sol.

— Monsieur Sylvère ! s'exclame-t-elle, ouvrant de grands yeux affolés.

Sans dire un mot, le visage blême, il jette une boîte d'une dizaine de centimètres de long, emballée avec soin dans un papier kraft festif et ornée d'un ruban écarlate brillant, dans la poubelle sous l'évier.

★

(Quelques heures plus tôt)

Une fourgonnette noire, arborant un logo *design* qui ressemble vaguement à un mandala stylisé, s'arrête en double file dans la rue Custine. Une jeune femme athlétique en sort prestement sous la pluie battante et, sans prêter attention aux klaxons agacés qui lui sont destinés, récupère un paquet à l'arrière. D'un pas leste, elle se dirige vers l'immeuble du cabinet médical où officie Félixine en tant que psychiatre. Une fois dans le hall, elle repousse la capuche de sa veste sur ses épaules, monte directement au deuxième et parcourt l'étage, les yeux rivés sur les plaques, à la recherche de celle indiquant « Dr Kancel ». Elle y sonne, trouvant le temps de réponse un peu long, et s'apprête à repartir quand la porte s'ouvre enfin. Elle tend le paquet, fait signer le terminal de livraison et redescend déjà : peu loquaces et très pressées, les deux femmes se sont à peine saluées.

De retour dans son bureau, Félixine déballe la plante : un cactus *Cereus*, accompagné d'une petite carte où sont inscrits les mots « Bon anniversaire, ma biche de Noël ». Ce n'est évidemment pas le jour de son anniversaire, même si elle née en décembre... Toutefois, elle n'est pas plus surprise que cela : elle savait que cette livraison arriverait, tôt ou tard, avec ce message bien précis. Le papier cristal mouillé balancé dans une corbeille, elle se dirige vers le sapin situé dans l'angle de la pièce et en saisit une boule argentée. Elle retire soigneusement l'accroche en métal et retourne la décoration dans sa paume : quelques cartes Nano-SIM en tombent, qu'elle détruit immédiatement de coups de ciseaux. Elle s'en débarrasse dans deux poubelles distinctes, puis elle pend de nouveau la boule dans le sapin… Au même instant, à peu de choses près, Ricardo, Laëtitia, Benoît et Isabella procèdent à l'opération équivalente, après avoir également reçu chacun un cactus *Cereus* orné de la même petite carte : en déclenchant ces livraisons aujourd'hui, *Tata Dildo* vient de dissoudre le groupe *Catharsis* selon le très discret protocole préétabli. Le *psychopathe de l'avent* remballe ses gaules, laissant sur les bras des médias et de la police une myriade d'imitateurs plus ou moins bons et, surtout, un mouvement hors de contrôle châtiant ces pervers au-delà des frontières… Et peu importe que les meurtriers soient réellement retrouvés, au final ; il semble même que globalement les flics eux-mêmes n'y mettent pas non plus de cœur que cela, car les gens n'aiment pas les pédophiles !

À défaut de la neige escomptée en cette période, la pluie tombe dru et les gouttes résonnent sur le balcon filant qui ceint le cinquième étage où se trouve l'atelier de Sylvère. Celui-ci vient de poser la dernière touche à son tableau de Noël. Il se recule tant bien que mal sans sa canne qu'il a laissée à l'entrée de la pièce, près du cactus reçu ce matin, et observe l'ensemble. Il n'en est que moyennement satisfait, de cette toile, sans bien savoir pourquoi… Il se frotte le menton, machinalement, perdu dans ses pensées : il manque quelque chose, mais quoi ? La composition lui plaît, globalement, ainsi que les couleurs. Il plisse les yeux, à travers ses lunettes rondes, et tente d'avoir un regard objectif sur sa peinture. À n'en pas douter, Tata Edmée sera fan ! Toutefois, il doit l'avouer, quelque chose le chiffonne. Il soupire, agacé, et commence à mordiller la pulpe de son pouce, sans y songer, son pinceau dans l'autre main. Sur une impulsion, il s'approche de nouveau du tableau, l'attrape prudemment par les bords (déjà secs, fort heureusement) et le retourne pour le poser tête en bas sur le chevalet. Puis il recule pour reprendre son poste d'observation au milieu de la pièce. Son impression de manque n'en est qu'amplifiée ainsi et le déséquilibre ténu qui le contrariait lui saute aux yeux. Qu'à cela ne tienne : il va y remédier dans l'instant.

Retrouvant motivation et inspiration, il se remet à l'ouvrage, laissant derechef ses pensées errer tandis qu'il fignole le « détail » qui faisait défaut selon lui. Il se félicite d'avoir pris de l'acrylique, cette année : bien qu'il n'apprécie pas trop de travailler cette matière qui sèche vite, il doit admettre qu'elle présente l'avantage de son inconvénient et la toile sera prête pour ce soir ! Il réalise qu'il n'a jamais dit à Bertrande qu'il peignait… Pas plus qu'elle ne lui a effectivement parlé, somme toute, des livres qu'elle affectionne de lire. Il ne lui a pas montré son atelier, non plus ; il n'aime pas trop laisser des gens pénétrer son antre, Tata Edmée le sait bien et, même elle, elle s'abstient d'entrer ici sans y être invitée ! De toute façon, il ne se prétend pas grand peintre ni même artiste... Disons que, autodidacte, ce violon d'Ingres le détend de façon plutôt agréable. Il serait horriblement gêné si, comme le lui prône Tata Edmée, ses toiles venaient à être exposées. Il en réprime un frisson de malaise...

Décidément, ces jours-ci, ça n'arrête pas : hier après-midi encore, quand Bertrande lui faisait part de ses doutes et soupçons à son égard, il a eu un mal de chien terrible à rester impassible alors qu'un truc froid lui coulait de la nuque jusque dans les reins... Heureusement que l'équipe avait agi en amont pour ce fameux Seychan, en collant contre toute attente le meurtre Gaëtan sur le dos de ce type, de façon très méticuleuse et sans traces, comme toujours... Il n'était pas loin de se faire pincer par la détective avec cette histoire de vidéos. Tout asexuel qu'il est, force est de constater que pour sauver sa peau et détourner son attention, il a donné de sa personne avec elle, et par deux fois ! Ce n'était pas si insipide qu'il le redoutait, il doit en convenir, mais d'ordinaire, quand il franchit (si rarement, cela dit) le pas, c'est avec un homme. Il découvre donc quelques particularités qui lui avaient jusque-là échappé.

Le tableau de Noël achevé de manière satisfaisante cette fois, Sylvère nettoie et range promptement son matériel : il est déjà quinze heures sept à sa montre et il a encore pas mal de choses à faire avant le dîner avec Tata Edmée. Il aimerait notamment trouver un petit quelque chose pour Théodore et Yoko, et c'est tout joyeux qu'il se sauve enfin de son atelier appuyé sur sa canne, fredonnant un vieux cantique anglais qu'il affectionne : « ♫*Deck the halls with boughs of holly, Fa la la la la, la la la la,'Tis the season to be jolly, fa la la la la, la la la la...* ♪ ». Le claquement d'un coup de tonnerre le cloue sur place. La foudre n'a pas dû tomber bien loin... Il hésite : la pluie semblait s'être calmée, mais sortir faire les magasins maintenant n'est peut-être pas une excellente idée ! Entre sa canne et son parapluie, ça ne laisse pas beaucoup de place ni à la fantaisie ni à la frénésie de shopping, fût-ce pour Noël ! *Trêve de tergiversations, Sylvère,* se rabroue-t-il. *Pour Théodore, un petit ballotin confectionné par le chocolatier juste à côté sera parfait ! Yoko aura quant à lui quelques restes du réveillon...*

À peine une demi-heure plus tard, trempé comme une soupe malgré son *trench-coat* et sa casquette, Sylvère remonte de son expédition avec dans l'idée d'aller immédiatement se changer. Il dépose son paquet dans l'entrée pour ne pas mouiller et souiller les parquets que Tata Edmée a cirés avec soin et file dans sa chambre se déshabiller. Il ôte ses vêtements, se sèche dans la salle de bains contiguë et passe un jean ainsi qu'une chemise propre. Ensuite, il ressort en chaussons — bien qu'il ait horreur de ça, mais a priori il ne risque pas de croiser grand monde — pour aller chercher le vin pour ce soir à la cave. Il a déjà mis au frais une bouteille de la caisse de ce Champagne Henriot qu'il a fait rentrer en prévision... Le traiteur devrait livrer le dîner vers dix-huit heures, ce sera parfait pour avoir le temps de préparer la table : il aime que tout soit en ordre avant dix-neuf heures tapantes et que ce ne soit pas Tata Edmée qui fasse tout le travail en cette veille de Noël qu'il partage toujours avec elle. Demain, il ira passer la journée chez Félixine…

Il traverse de nouveau le hall, sa bouteille de *Nuits Saint-Georges* à la main, quand la cabine de l'ascenseur s'arrête et la grille s'ouvre sur Théodore et Yoko. Sylvère les salue et se félicite intérieurement d'avoir déjà rentré les chocolats dans son appartement pour préserver la surprise !

— Bonjour, Sylvère ! Je ne vous propose pas de nous suivre dehors pour la promenade de Yoko, je vois que vous êtes en pantoufles ! Et avec cette météo…

— Effectivement…

— Vous n'avez pas pris votre canne ? Avez-vous besoin d'aide ? Vous êtes chargé !

Théodore lui tient la porte de l'ascenseur, tout sourire.

— Ça ira ainsi, je vous remercie ! Ce n'est qu'une bouteille… Je devrais m'en sortir.

Un court instant, tandis qu'il caresse la tête de Yoko de sa main libre, Sylvère se tâte : doit-il proposer à l'homme de se joindre à eux pour le réveillon ? Après tout, c'est Noël… et ce ne serait pas charitable de l'ignorer.

— Que faites-vous, ce soir, Théodore ? tente-t-il en entrant dans la cabine.

— Je dîne au gymnase : il y a un repas organisé par une association, et Yoko a droit de venir aussi… Et vous, Sylvère ?

— Je réveillonne avec Tata Edmée !

— Excellent ! Saluez-la de ma part.

— Je n'y manquerai pas… Passez donc me voir, demain matin, pour la première sortie de Yoko, si vous le voulez bien. À moins que vous n'ayez d'autres projets plus importants ?

— Oh, vous savez, bien que ce soit Noël, je n'ai rien de prévu. J'aurais bien aimé voir mes gamins, mais…

Théodore laisse sa phrase en suspens. Piqué par la curiosité, Sylvère le sonde du regard, l'incitant à poursuivre : il ignorait qu'il avait des enfants ! Quelle tristesse… L'homme lui adresse une moue embarrassée, avant de reprendre, baissant finalement les yeux et la voix :

— Je ne… Il y a eu cette histoire, au collège où j'enseignais les arts plastiques… Avec ce jeune garçon qui était dans une de mes classes de cinquième. Et…

Il soupire. Sylvère sent de nouveau ce truc froid lui descendre dans le dos, figé par un très mauvais pressentiment. Les deux hommes échangent un bref regard. Et Sylvère comprend…

Sa respiration se bloque et ses dents se serrent, tandis qu'il dévisage avec horreur le quadragénaire devant lui.

— Vous comprendrez, reprend ce dernier avec les yeux rivés sur ses chaussures, que ma femme ne veuille plus que j'approche les gosses… Même si… Enfin…

— Je comprends ! lâche froidement Sylvère.

— J'ai tout perdu, et…

Sylvère se recule d'un pas, estomaqué, et la bouteille éclate contre le montant métallique de la cabine qu'elle heurte violemment.

— Bonne soirée ! fait-il en refermant la grille sur lui avant que l'abject pédophile devant lui n'ait le temps de réagir.

Il a déjà appuyé sur le bouton du quatrième étage. Il ramasse sommairement les plus gros débris, d'une main un peu tremblante tandis que l'ascenseur s'élance lentement. Il serre si fort son poing, de rage, qu'il ne sent même pas la douleur quand les morceaux de verre entaillent sa paume. C'est quelque part entre le deuxième et le troisième qu'il réalise que sa chemise est tachée par le vin et que sa main saigne. Il a envie de vomir. En pénétrant dans l'appartement, son regard tombe sur le ballotin de chocolats achetés plus tôt. Il s'en saisit et d'un pas mal assuré, il rejoint Tata Edmée en cuisine : c'est elle, qui prendra la décision finale…

★

VOUS AVEZ AIMÉ CE ROMAN ATYPIQUE ?

N'oubliez pas de laisser **un commentaire** et **des étoiles** sur les sites de lecture et de vente !

Parlez-en autour de vous.

Offrez-le, prêtez-le...

Donnez-lui une seconde vie dans **une boîte à livres** !

★

QUI SONT LES DEUX PLUMES QUI ONT DONNÉ VIE AUX PERSONNAGES ?

Florence JOUNIAUX et Andrea B. CECIL n'en sont pas à leur coup d'essai et ont déjà collaboré plusieurs fois auparavant dans des recueils de nouvelles ainsi que dans les deux romans du *Collectif Chapithron*, tous vendus aux profits d'associations. Ensuite leurs univers se sont rencontrés plus intiment dans les trois tomes de la série « Don' et Rom' : heurs et heurts », mélange de *cosy mystery* et de romance *feel-good*.

- Quel con, ce Lao-Tzu ! *(Collectif Chapithron)*
- Le Barbier de Londres *(Collectif Chapithron)*
- La capuche, T1
- Les madeleines de Nonno, T2
- Salade d'embrouilles, T3

Vous en découvrirez également davantage sur l'ensemble de leurs œuvres personnelles en cliquant directement sur leurs noms sur le site de vente.

Andrea B. CECIL

Sourd et autiste Asperger, Andrea habite dans les collines du Perche vendômois. Les personnages principaux de ses romans sont des héros ordinaires, mais engagés dans notre société encore bardée de préjugés.

Après une formation scientifique et un diplôme en langues, Andrea choisit de s'éloigner de Paris et se consacre désormais à l'écriture. Lorsqu'il n'est pas scotché à son écran d'ordinateur pour imaginer ses fictions, il passe du temps à peindre et dessiner (il réalise lui-même la plupart des couvertures de ses romans), à lire d'autres auteurs indépendants et à rêver d'aller un jour au Japon.

Florence JOUNIAUX

Florence est née en Savoie, à Chambéry et a suivi des études de lettres classiques. Mère de trois enfants, elle est professeure par vocation et enseigne la littérature avec passion au lycée de la Versoie à Thonon-les-Bains.

Amoureuse des langues, elle aime en inventer dans ses romans fantasy où son imagination ne connaît pas de limites. Ainsi a-t-elle écrit deux trilogies de ce genre, dont l'une est à paraître.

Chaque nouveau roman est une aventure qu'elle partage avec ses héros, des héros très humains qui aiment les plaisirs de la vie, tout comme elle. Aussi ne vous étonnez pas de trouver quelques menus gastronomiques au fil des pages…

Printed by Amazon Italia Logistica S.r.l.
Torrazza Piemonte (TO), Italy

41205373R00123